Die Geschichten dieses Bandes sind Porträts von Freunden wie von Unbekannten, beide hervorgegangen aus John Bergers persönlichen Erinnerungen und dazu bestimmt, das jeweils Besondere und Einzigartige der Menschen festzuhalten, von denen er in seinem unverwechselbaren Ton erzählt. Einer Obdachlosen, die ihre Taube füttert, und einem blinden Bettler gilt die gleiche Aufmerksamkeit wie seinen Malerfreunden oder der Begegnung mit dem Photographen Henri Cartier-Bresson. Die knappen Überschriften der Geschichten – ›Alte Frau mit einem Kinderwagen‹ oder ›Ein Haus, von Le Corbusier entworfen‹ – assoziieren bewußt die Titel von Bildern. Bilder aus Worten, in denen die Erinnerung ihre Spuren hinterlassen hat. Die Porträts sind kurze Momentaufnahmen, die immer das Geheimnis der Menschen erspüren, um die es geht. »So unspektakulär die Porträts daherkommen, ihren Impuls erhalten sie durch ›Nachdenken darüber, was Sein und Schein, Leben und Tod bedeuten‹.« ›Der Tagesspiegel‹

John Berger, 1926 in London geboren, arbeitete nach dem Kunststudium als Zeichenlehrer und Maler und lebt heute in einem Bergdorf der Haute Savoie. Zu seinem Werk gehören Romane, Essays, Hörspiele, Theaterstücke und Drehbücher. Im *Fischer Taschenbuch Verlag:* ›Auf dem Weg zur Hochzeit. Roman‹ (Bd. 14293), ›Sau-Erde. Geschichten vom Lande‹ (Bd. 14295), ›Spiel mir ein Lied. Geschichten von der Liebe‹ (Bd. 14647), ›Das Sichtbare und das Verborgene. Essays‹ (Bd. 14292), ›Begegnungen und Abschiede. Über Bilder und Menschen‹ (Bd. 14294) und ›Eine andere Art zu erzählen. PhotoEssay‹ (Bd. 14595).

Unsere Adresse im Internet: www.fischer-tb.de

John Berger

Mann und Frau, unter einem Pflaumenbaum stehend

Aus dem Englischen
von Jörg Trobitius

Fischer Taschenbuch Verlag

Veröffentlicht im Fischer Taschenbuch Verlag GmbH,
Frankfurt am Main, Dezember 2000

Lizenzausgabe mit freundlicher Genehmigung
des Carl Hanser Verlag, München Wien

Erweiterte Neuausgabe der bei Vintage Books International u. d. T.
›Photocopies.Encounters‹ erschienenen Edition

Satz: Pinkuin Satz und Datentechnik, Berlin
Druck und Bindung: Clausen & Bosse, Leck
Printed in Germany
ISBN 3-596-14296-2

Für Wolfram Schütte
von der ›Frankfurter Rundschau‹,
der mich zu diesem Buch
ermutigt hat

1
Mann und Frau, unter einem Pflaumenbaum stehend

Um 7 Uhr abends hielt ein gelber Wagen neben dem Haus. Das Gelb eines französischen Postautos. Doch der Wagen hatte spanische Nummernschilder. An die Kühlerhaube waren Stücke von Klebestreifen geheftet. Gelb bemalt. Nicht ganz das gleiche Gelb. Der Wagen jedoch war geparkt, wo noch nie zuvor jemand einen Wagen geparkt hatte. Es war eine mögliche Stelle. Er war dort nicht im Wege. Nur hatte noch nie jemand die Stelle zuvor gesehen.

Die Fahrerin trug Jeans und ein staubiges schwarzes Hemd mit weißen Knöpfen. Sie war aus Galicien gekommen.

Ich hatte sie einmal zuvor in meinem Leben gesehen. Fünf Minuten lang, in Madrid. Ich hatte dort eine Lesung, und hinterher kam diese Frau, etwa dreißig Jahre alt, und übergab mir eine braune Papierrolle. Das ist ein Geschenk für Sie. Ich öffnete die Rolle und sah eine Zeichnung. Sie verdiene ihren Lebensunterhalt, sagte sie, indem sie Fresken in Kirchen restauriere. Wenn etwas mit Gips bedeckt ist und du hältst es unter Wasser, dann wird das Weiß abgewaschen, und die ursprüngliche Farbe tritt hervor. Doch wenn es dann trocknet, sieht es oft noch ein wenig weißlich aus. Das kann einem sogar mit den Fingernägeln so gehen. Als die Frau sagte, daß sie Fresken restauriere, meinte ich, so etwas Weißliches an ihrer Kleidung zu sehen und auch an ihren Handrücken. Ehe ich noch Weiteres fragen konnte, war sie schon wieder verschwunden.

Später sah ich mir die Zeichnung an. Sie hatte etwas mit der Welt der Fische zu tun. Ich wollte ihr danken, doch ich hatte ihren Namen nicht mitbekommen, und die Signatur auf der Zeichnung war schwer zu entziffern. Der Vorname fing mit M an, und der Nachname, so dachte ich, mit C.

Nun war diese unbekannte Freskenrestaurateurin unerwartet gekommen. Ich erfuhr ihren Namen. Wir sprachen über dies und das: über Galicien, Bauern, Paul Klee, die Documenta in Kassel. Es hat den Anschein, daß wir über nichts gesprochen haben. Sie war gekommen, doch eigentlich nicht, um zu sprechen.

Sie kam wie eine ihrer Zeichnungen, die mit der Welt der Fische oder vielleicht mit der Welt der Tiere zu tun hatten. Sie lebt mit Tieren. Bestimmten Tieren. Sie kennt ihre Geheimnisse, die ihnen keine Geheimnisse sind, sondern Geheimnisse vor uns. Ich bezweifle, ob sie sich die Tiere ausgesucht hat, mit denen sie lebt; ich glaube, sie wurde von ihnen ausgesucht. Was auch normal wäre, denn sie sind es, die in ihr leben. Die sie bewohnen. Sie saßen mit ihr am Tisch, unsichtbar in ihrem Inneren.

Sie lebt mit ihnen, wie sie mit ihren eigenen Nieren lebt, ihrer eigenen Speiseröhre, ihrer eigenen Gallenblase. Würde sie auf einem Operationstisch seziert, wären ihre Tiere nicht mehr da – wie die Holzfäller, wenn die Stämme eines Waldes geschlagen werden, niemals Wildschweine oder Füchse oder Spechte finden.

Sie kommen und gehen, ihre Tiere, und sie bemerkt jeden Aufbruch, jedes neue Eintreffen. Sie lösen Irritationen aus, sie rufen Impulse hervor, und vor allem zeigen sie ihr Tricks, ihre Tiertricks. Die Tricks spielen sich von selbst ab in ihr, unter ihrer Haut. So kam es mir vor, während wir einander über den Tisch hinweg ansahen.

Was für Tiere? Wenn man sie fragte, würden *sie* nicht zulassen, daß sie antwortet. Alle Tiere, mit Ausnahme des Menschen, sind achtsam. Deshalb würden sie eine Zählung nicht hinnehmen. Und sie respektiert ihre Tierachtsamkeit. Sie ahmt sie sogar nach – das sah ich, als ich ihre Finger beobachtete.

Sie saß da in ihrem schwarzen Hemd und trank ihren Kaffee. Ihr Haar war frisch gewaschen, doch wahrscheinlich war sie seit Jahren nicht bei einem Friseur gewesen. In einem anderen Leben, jedoch mit derselben physischen Präsenz, hätte sie vielleicht Pferde versorgt (oder gestohlen) – eine Gestalt, die an einem Waldrand verschwindet, auf dem Rücken eines Pferdes, ein anderes mit sich führend. Sie war dünn und sehnig, wie Menschen, die eng mit Pferden zusammenleben. Doch in ihrem gegenwärtigen Leben verfertigte sie geheimnisvolle Zeichnungen auf selbstgemachtem Papier, sie restaurierte Fresken, und die Tiere, die ihr am nächsten waren, gehörten nicht mehr zur Familie der Equida.

Jetzt war es vielleicht die Familie der Mustelidae. Die *belette* mit ihrem schwarzen Schwanz, oder das Hermelin, spitz, scheu, das dich hinführt, wo du noch niemals gewesen bist. Tiere, die das Versteckspiel nicht spielen, sondern es leben, und die zwei Ohren auf einmal beißen können, so schnell sind sie, Tiere, deren Bäuche weiß sind und die von Richtern preisgekrönt werden und von der Schlange gelernt haben, den Körper wellenförmig zu bewegen, wenn sie losrennen, sich ducken, um die Ecke springen, verschwinden.

Wir aßen zu Abend. Draußen begann es zu regnen, heftig. Wir bestanden darauf, daß sie die Nacht über blieb. Ich zeigte ihr, wo sie sich waschen und wo sie schlafen konnte. Sie blieb vor einer gerahmten Zeichnung stehen, die an der Küchenwand hing, und ließ den Blick darauf ruhen. Sie schaute nicht aufmerksam hin. Sie ließ einfach den Blick ruhen auf dieser Zeichnung mit Figuren, umgeben von Schrift. Die

Schrift war ein Zitat aus den *Eumeniden* über die Furien, die Vergeltung fordern, und ein anderes aus dem Johannesevangelium: »… meinen Frieden gebe ich euch. Nicht gebe ich euch, wie die Welt gibt. Euer Herz erschrecke nicht und fürchte sich nicht.«

Sie sagte nichts und machte auch keine Zeichen. Ihr Gesicht war abgewandt. Allein ihr Körper verkündete, wie sehr sie mit diesen Worten vertraut war. Ihr Körper machte keine Bewegung. Keine Geste. Sie verkroch sich einfach in sich, was leicht als Ungezogenheit mißverstanden werden könnte.

Es regnete die ganze Nacht hindurch.

Am nächsten Morgen sagte sie, sie sollte längst nach Kassel unterwegs sein. Ob sie noch ein Photo machen könne, ehe sie aufbreche?

Wir tranken in der Küche Kaffee.

Haben Sie meine Kamera gesehen? fragte sie.

Nein.

Ist sie Ihnen gestern abend nicht aufgefallen?

Sie nickte in die Richtung, wo ihre Provianttasche lag, auf dem Fußboden neben der Tür. Neben ihrer Provianttasche stand eine Schachtel, die mir aufgrund ihrer silbernen Farbe tatsächlich aufgefallen war. Etwa von der Größe eines Werkzeugkastens. An manchen Stellen war sie mit schwarzem Isolierband repariert worden. Ich hatte mir gar nicht die Frage gestellt, was sie darin bei sich führte. Vielleicht Farben. Oder Äpfel. Oder Sandalen und Sonnencreme.

Wie die Originalkamera, sagte sie, wie die erste! Und sie reichte mir die Schachtel. Sie wog nichts. Die Flächen bestanden aus Sperrholz.

Hier drinnen ist nicht genug Licht, sagte sie, gehen wir doch hinaus.

Wir gingen hinaus zu dem Pflaumenbaum, wo ein Tisch im Gras steht, und dort sah sie zum immer noch wolkenbedeckten Himmel hinauf. Zwischen zwei und drei Minuten, so rechnete sie laut und stellte die Schachtel sorgsam am Rand des Tisches auf. In der Mitte einer der Längsseiten war ein weißes rechteckiges Pflaster, wie man es über eine Brandwunde oder eine kleine Blase klebt. Dieses Pflaster war von schwarzem Band umrahmt.

Mit ihren achtsamen Fingern zog sie das weiße Pflaster ab, wobei eine Öffnung, ein Loch zum Vorschein kam. Dann nahm sie mich bei der Hand.

Wir beide standen mit dem Gesicht zur Kamera. Natürlich bewegten wir uns, jedoch nicht heftiger als der Pflaumenbaum im Wind. Minuten verstrichen. Während wir dort standen, reflektierten wir das Licht, und was wir reflektierten, ging durch das schwarze Loch in die dunkle Schachtel.

Es wird von uns sein, sagte sie, und wir verharrten erwartungsvoll.

2
Frau mit einem Hund auf dem Schoß

Was meine Vorstellungskraft anbelangt, so ist Angeline – wie man es auch von ihr erwarten würde – von hartnäckiger Unabhängigkeit. Sosehr ich es versuche, ich kann sie mir nicht als junge Frau vorstellen. Und sosehr ich es versuche, ich kann nicht wirklich begreifen, daß sie jetzt tot ist, daß sie seit drei Jahren tot ist.

Sie beobachtet mich nach wie vor. Ich belustigte sie immer, und zwar um so mehr, wenn ich das gar nicht versuchte, und jetzt, da sie tot ist, lacht sie laut heraus – selbst wenn sie dabei stumm bleibt. Natürlich wußte sie, daß sie mir diesen Streich spielen würde. Er gehörte zu einem ihrer geheimen Pläne, die sie immer ausheckte, wenn sie des Nachts nicht schlafen konnte und wenn sie am Morgen darauf eine Lüge erzählen mußte, um einem die Ungeheuerlichkeit der Nacht begreiflich zu machen, die sie verbracht hatte. Die Lüge lautete, daß sie die ganze Nacht kein Auge zugetan habe.

Wenn sie ihre Brille abnahm, waren ihre Augen nicht mehr hart, sondern voller Verwunderung, und deshalb ist es schwer zu erklären, weshalb ich sie mir niemals als jung vorstellen konnte. Einmal hatte sie ein geschwollenes Knie, und sie bat mich, es mit Salbe einzureiben: ihre Knie und Schenkel waren so weich wie die einer jungen Braut. Wenn sie ihre Zöpfe löste, war ihr weißes Haar füllig und ging ihr bis zu den Schulterblättern. Bei den seltenen Anlässen, wenn ich ihr einen Kuß gab – um ihr ein glückliches neues Jahr zu wünschen beispielsweise –, zog sie uns beide immer in eine Ecke, damit man uns nicht sah. Doch trotz dieser Dinge konnte ich sie mir nicht als jung vorstellen.

Ich nehme an, es erklärt sich mit ihrer Trauer. Wenn du Schwarz anlegst – und sie trug dreißig Jahre lang Schwarz –, legst du die Jugend für immer hinter dich. Ich erinnere mich an einen Mann auf einem Fahrrad, der sagte, als der Verkehr stillstand, um einen Hochzeitszug vorbeizulassen: das Sinnbild für Jungverheiratete ist eine junge Frau an einem offenen Fenster mit einem Daunenbett in den Armen, und das Sinnbild für Witwenschaft ist eine alte Frau, die allein Feuerholz mit einem Beil zerkleinert.

Angeline war häufiger glücklich, als sie zugeben wollte. Wenn sie mit toten Ästen zum Zerhacken aus dem Wald heimkehrte, war sie glücklich. Im Prinzip versuchte sie, in der Öffentlichkeit nicht zu lachen: es paßte nicht zum Schwarz, das sie trug. Insgeheim war sie glücklich, wenn sie jemand anderen zum Lachen bringen konnte. Und sie hatte eine unnachahmliche Gabe zu schlagfertigen Antworten. Ihre Taktik bestand darin, wie mit einem Messer sich etwas abzuschneiden von dem, was sie gerade gehört hatte, und daraus einen Bogen zu machen, mit dem sie ihre Pfeile abschoß. »Er hat Ziegenbockscheiße in den Taschen«, sagte sie von Giscard d'Estaing im Fernsehen. Jeden Morgen, außer sonntags, hörte ich den Briefträger in ihrer Küche zehn Minuten lang lachen. Mit mir erlaubte sie es sich manchmal zu lachen: Jésu, Marie et Joseph, comment tu es bête! sagte sie dann.

Sie war in Trauer um ihren Mann, mehr jedoch noch um ihren Sohn, der bei einem Autounfall ums Leben gekommen war, als er Anfang Zwanzig war. Ihr Leid damals – und sie klammerte sich dreißig Jahre lang an dieses Leid, denn es war alles, was von ihrem Sohn geblieben war und woran sie sich klammern konnte – gab ihr ein Gefühl der Solidarität mit jedem anderen, der litt. Sie besuchte die Kranken. Sie besuchte Hinterbliebene. Ihr Leid suchte das Leid anderer, so daß sie Seite an Seite stehen konnten.

Mehrmals fragte sie mich, wie man Geld ans Fernsehen schicken könne, um damit Nahrungsmittel in ein Land zu schicken, das sie am Abend zuvor gesehen hatte, wo Menschen verhungerten.

Zugleich hatte sie ein tiefes Gefühl für Luxus. Sie besaß drei Ziegen, sie mußte ihr Geld zusammenhalten, und sie wohnte auf nicht mehr als fünfzig Quadratmetern, doch sie konnte sich Luxus vorstellen. Das war der Grund, weshalb ihre liebevollste Schmähung in dem Wort *feignant* bestand – was untätig bedeutet. Ihr Hund und ihre Ziegen waren *feignant*. Und sie sagte, dahin könne es mit mir noch kommen. Als Angeline jung war, bedeutete Untätigkeit im Dorf den höchsten Luxus.

Ihr Hund hieß Mickey, nach der Maus. Klein, schwarz, laut und albern. Ein Hund, der niemals erwachsen geworden war. Sie verfluchte ihn. Sie sperrte ihn aus. Wenn er krank war, versteckte er sich unter dem Herd, den sie zweimal die Woche putzte. Doch wenn ein anderer Hund ihn gebissen hatte, dann pflegte sie ihn auf ihrem Schoß, wie Odysseus von Calypso gepflegt wurde.

Und Angeline hat bis zum heutigen Morgen gewartet, um mir diesen Streich zu spielen.

Manche Dörfer erwecken den Anschein, als seien sie aufs Geratewohl zustande gekommen – wie Würfel, die über einen Tisch geworfen werden. Bei anderen Dörfern ist die Entstehung offenkundiger: sie wurden erbaut, wo zwei Täler aufeinandertreffen oder wo ein Fluß sich verengt. Und wiederum andere sehen aus, als wären sie das Ergebnis eines Taschenspielertricks, als hätten sie von Anfang an, schon von der Wahl des Standorts her, die Absicht gehabt, etwas vorzugaukeln. Als wäre das Dorf aus *flair* erbaut worden! Unser Dorf gehört zu dieser letzteren Art.

Es sieht glücklicher aus, als es ist. Die Kirche hat einen schönen Spitzturm. Der Friedhof liegt oberhalb davon, wie ein Balkon. Die *mairie* mit ihrer Trikolore erhebt sich etwas zurückversetzt oberhalb der Straße – fast wie ein Château gelegen. Die beiden Kaffeehäuser – einschließlich der *La Lyre Republicaine* – haben Treppen, die zu ihnen emporführen. Und auf den Anhöhen dahinter sind die Bauernhöfe angeordnet wie Logen in einem gigantischen grünen Theater.

Darüber dachte ich nach, als ich mich heute morgen im Wintersonnenlicht dem Dorf näherte. Vieles hat sich in den letzten Jahren verändert, doch in diesem Wintersonnenlicht könnte es aus einiger Entfernung immer noch das Dorf sein, das es Anfang des Jahrhunderts gewesen ist. Und so habe ich es heute morgen plötzlich gesehen. Es war anders als die Zehntausende von Malen, da ich es früher gesehen hatte. Es war voller geheimnisvoller Verheißungen.

Ich wußte, daß ich in der Kirche dort heiraten würde, ich wußte, daß meine Kinder dort zur Schule gehen würden, daß mein Mann jeden Frühling die Stute zum Curé bringen würde, damit er sie segne. Und das war der Moment, in dem ich ihr stummes Lachen hörte. Sie hatte das Dorf betrachtet, nicht ich, und sie hatte es mich mit ihren Augen sehen lassen. Und sie lachte, weil sie es mich hatte sehen lassen mit ihren Augen, als sie jung waren.

3
Fahrgast nach Omagh

Es gibt ein Gemälde von Jack Yeats, auf dem eine Frau zu sehen ist, die ohne Sattel reitet, eine Reiterin der *haute école* mit ihrem Vollblutpferd, und sie spricht mit einem Clown, der zusammengekauert auf einer Kiste nahe dem Eingang zum Zirkuszelt sitzt. Es trägt den Titel: *Das große Gespräch fand unter der Rose statt.*

Als Jack Yeats schon sehr alt war, verbrachte ich einmal in Dublin einen Abend mit ihm. Einen unvergeßlichen Abend voller Geschichten und Whiskey. Ich habe ihn damals nicht gefragt, weil ich nicht wußte, daß ich den Titel einmal brauchen würde, doch dreißig Jahre später (er wäre heute 125 Jahre alt) stelle ich mir vor, er wäre einverstanden, wenn ich ihn mir für die Dauer einer Busfahrt ausborgte.

Außerhalb der Hauptsaison gibt es zwischen Dublin und Derry zwei Busse pro Tag. Die Straße überquert die rechte Schulter Irlands. Als wir im Dezember den Bus nahmen, fiel ein feiner Nieselregen, und die Steinmauern und das Vieh auf den unregelmäßigen Feldern waren durchnäßt. Behaglich in unsere Sitze gelehnt, lutschten wir Pfefferminzbonbons und lasen die Zeitung vom Vortag aus Paris. Sie stieg in Castleblaney ein. Sie hatte eine Tragetasche aus Plastik bei sich, kam den Gang entlang und nahm auf einem der freien Sitze Platz.

Ich wurde auf sie aufmerksam wegen ihres Gesichts und des ungewöhnlichen Ausdrucks, den es zeigte. Sie erinnerte mich, nein, nicht an ein Tier, aber an das Bild eines Tieres. Vielleicht an den Löwen, der zum Gefährten des Evangelisten Markus wurde. Manchmal hat dieser Löwe einen Ausdruck auf dem Gesicht, der zugleich lächelnd, verwundet und ein wenig spöttisch ist.

Der Bus setzt sich in Gang. Sie hört uns Französisch reden, und so dreht sie sich nach einer Weile um und fragt:

Wo sind Sie her?

Sie ist pummelig und klein, so daß sie sich in den Gang hinauslehnen muß, will sie uns um ihre Rücklehne herum ansehen.

Sie sind nicht hier geboren, fährt sie fort, Sie sind hier fremd.

Ihre Augen sind unerwartet hell, und sie sind blau.

Sie fahren also nach Derry, setzt sie hinzu, und ich will nach Omagh. Sind Sie in Urlaub?

Wir arbeiten mit einigen Schauspielern in Derry.

Ich werde auch in einem Stück auftreten! Warum kommen Sie nicht und setzen sich neben mich?

Sie rückt beiseite, so daß der Sitz neben ihr frei wird. Ich setze mich neben sie, und sie sagt, ihr Name sei Kathleen, und ich frage, in welchem Stück sie auftritt.

A Christmas Carol. Meine erste Rolle, als ich noch ganz klein war, war das Jesuskind. Vor zwei Jahren habe ich die Lady Macbeth gespielt.

Höchst verschieden, sage ich, höchst verschieden. Sie wollen also Schauspielerin werden?

Das war vermutlich der Moment, als sie zu dem Schluß kam, ich sei ein bißchen dämlich.

Ich werde Friseuse.

In Omagh?

Nein, in Omagh gehe ich zur Schule. Ich bin das Wochenende über zu Hause gewesen. Ich bin sechzehn. Haben Sie mich für älter gehalten?

Ein wenig.

Das kommt vor.

Hast du Geschwister?

Wir sind fünf, aber wir haben verschiedene Väter. Jetzt lebt Mam mit Bill zusammen. Er ist jünger als sie, und sie ist schwanger.

Soll das Baby bald kommen?

Im April. Mit Bill komme ich klar, er ist nicht schwierig. Ich bin auch schwanger.

Aha.

Meins soll im Mai kommen.

Ihr werdet eure Babys beide im selben Krankenhaus bekommen?

Ja, das haben wir vor. Wir mögen die Schwestern dort. Und wer weiß, vielleicht haben die sich ja mit den Daten geirrt, und wir werden zusammen dort sein.

Mam und du?

Ja.

Und der Vater, der Vater von deinem?

Er wollte das Baby nicht. Laß es dir wegmachen! hat er gesagt. Ich wollte nichts davon hören. Ich will unser Baby, und ich werde es behalten! Also ist er abgehauen. Jetzt lebt er mit meiner ältesten Freundin zusammen.

Das ist nicht sehr loyal, würde ich sagen.

Ach, was soll's! Er ist erst siebzehn, das arme Kerlchen. Und ich habe das Baby, ich bin glücklich. Ich will viele Kinder haben. Soll ich Ihnen die Geburtstagskarte zeigen, die ich für meine Schwester gekauft habe?

Sie sucht aus der Tragetasche einen Umschlag hervor und reicht ihn mir.

Sie wird wütend sein, daß ich ihr kein Geschenk gekauft habe, meine Schwester. Ich wollte ihr ein Buch besorgen.

Das neueste von Roddy Doyle vielleicht. Aber ich habe das Geld nicht gehabt, und da wird sie sich wohl über meine Karte freuen müssen, nicht wahr? Na los, machen Sie doch auf!

Auf der Karte ist das Bild einer weißen Rose, und darunter sind die Worte geschrieben: Für Deidre, in Liebe, von Kathleen.

Sie bleibt im Haus, meine Schwester. Sie ist zehn Jahre älter als ich, und sie geht überhaupt nicht hinaus. Sie hat ein Buch geschrieben.

Ich biete Kathleen ein Pfefferminzbonbon an.

Sie schaut mich unter gesenkten Lidern mit ihren hellen Augen an. Würde es Ihnen etwas ausmachen, wenn ich rauche?

Ich deute auf ihren Bauch.

Sie legt die Hand auf meinen Arm, um mich zu beruhigen. Ich weiß, sagt sie, Ende der Woche höre ich auf. Die Heldin im Buch meiner Schwester heißt Annie. Sie wird vergewaltigt und ist nachher schwanger. Der Mann, der vom Alter her ihr Vater sein könnte, wirft sie die Treppe hinunter, weil er hofft, daß sie eine Fehlgeburt hat. Sie liegt da und tut so, als wäre sie tot, und als er sich über sie beugt, packt sie ihn – Sie können sich schon denken wo – und zieht und zieht, bis er jault. In diesem Moment kommt einer seiner Kumpel zur Haustür herein, und die beiden beschließen …

Ist es Deidre so ergangen? frage ich.

Wie um Gottes willen kommen Sie denn darauf? Nein, nein. Ihr Vater, er war nicht mein Vater, wie ich Ihnen schon gesagt habe, er hat sich an ihr vergangen, als sie klein war – aber das ist auch alles, nicht mehr. Die Tragödie für Deidre ist, daß sie taub ist. Sie hört rein gar nichts. Sie ist stocktaub.

Von Geburt an?

Ein Autounfall … Ich war damals in Kalifornien.

Kalifornien?

Wir führen ein tolles Gespräch, nicht wahr? sagt sie.

Weißt du noch, wo das war in Kalifornien?

Der Ort hieß Lodi, fünfzig Meilen nördlich von Oakland. Sie werden um eins in Derry sein.

Sie hält die Geburtstagskarte mit der Rose hoch, damit wir beide sie noch einmal anschauen können.

Heute nachmittag will ich mir die Haare waschen, meinen Sie, ich könnte sie mir ein wenig wachsen lassen?

Das könntest du.

Nein, sagte sie und steckt die Karte in die Netztasche des Vordersitzes, langes Haar ist zu heiß im Sommer. Was ist Ihre Lieblingsfarbe bei Rosen?

Rosenrot, würde ich meinen.

Ich will Sie nicht nerven. Ich habe Sie Ihren Freunden weggenommen, und das gefällt denen vielleicht nicht. Sie brauchen nicht zu bleiben, Johnny.

Sie betastet die Geburtstagskarte.

Also, in der Schule habe ich ein Zimmer zusammen mit Sheila. Sie ist auch schwanger. Da haben wir eine Abmachung getroffen, den einen Tag tue ich alles für sie, und den nächsten tut sie alles für mich. Heute ist sie dran, sich um mich zu kümmern. Also werde ich mir die Haare waschen, und dann schaue ich, was es im Fernsehen gibt, und dann lerne ich meinen Text. Ich spiele den Geist der Vergangenen Weihnachten.

In diesem Moment klopft sie sich auf den Bauch. Ihre Hand ist feist, mit abgekauten Fingernägeln.

Nächstes Jahr werde ich wohl nicht spielen, glaube ich. Ich werde mein Baby haben, um das ich mich kümmern muß. Wollen Sie vielleicht die ersten Sätze von meinem Text hören?

»Ertrage nur, daß meine Hand dich dort berührt« – sie legt

ihre Hand nahe an mein Herz – »und du sollst auch weiterhin Stützung erfahren. Nun zittert deine Lippe … und was ist das auf deiner Wange? … es sind nur Schatten all der Dinge, die einst waren …«

Der Bus hält auf einer einsamen Landstraße am Tor zu einer Kate, und ein altes Paar steigt aus, wobei sie einander mit ihren Einkäufen helfen. Hinter dem Tor versucht ihr Hund, zu ihnen hinüberzuspringen.

Zehn Minuten lang sprechen weder Kathleen noch ich.

Ich bin auch taub, sagt sie schließlich.

Hör mal, sage ich.

Nicht wie Deidre, ich bin nur auf einem Ohr taub, und Sie sitzen auf der guten Seite. Ich habe sogar ein Hörgerät, aber ich benutze es nicht.

Auch so ein Autounfall?

Nein. Es war ein Freitagabend vor einem Jahr, und ich war total von der Rolle, und da hat mich ein Lastwagen angefahren. Der hat mir auch den Arm gebrochen.

Sie krempelt sich den Ärmel ihrer Strickjacke hoch und zeigt mir einen roten Striemen an ihrer Schulter.

Wenn es ein Junge ist, werde ich ihn Kevin nennen, und wenn sie ein Mädchen ist, Sara.

Man hat dir beim Ultraschall nicht gesagt, ob es ein Junge oder ein Mädchen ist?

Ich wollte es nicht wissen, sagt sie. Ich hab' Geheimnisse lieber. Gefallen Ihnen die Namen?

Der Bus hielt zweimal in Omagh, und bei der zweiten Haltestelle steht Kathleen auf, nimmt die Geburtstagskarte mit der Rose aus der Netztasche des Sitzes und geht wortlos den Gang entlang.

Ich sehe zu, wie sie einen steilen Pfad zu einem Gebäude hinaufsteigt, das eine Schule sein könnte. Sie sieht niedergedrückt aus.

Sheila! wird sie zu ihrer Freundin sagen, ich hab' im Bus einen Fremden kennengelernt und dem hab' ich die tollsten Geschichten aufgetischt!

Hat er dir geglaubt?

Und Kathleen wird nicken mit ihrem lächelnden und verwundeten und leicht spöttischen Gesicht.

4
Mann, einen Lacoste-Sweater tragend

Er betrat als letzter den Raum. Er war schlank, ziemlich hochgewachsen und etwa Mitte Vierzig. Er trug eine Brille, und seine Augen fielen einem sofort auf. Sie waren ungewöhnlich, denn ihr Blick war durchdringend und sensibel zugleich. Ein Mann, so sagtest du dir, der auf den Millimeter kalkuliert. Als er uns die Hand gab, offenbarte sein Willkommenslächeln denselben Sinn für Präzision in den Gefühlen. Er kannte den genauen Unterschied zwischen Anerkennung und Dankbarkeit und zwischen Dankbarkeit und Freude. Er lächelte uns an mit einem Lächeln der Anerkennung. Die Umstände unserer Zusammenkunft hinderten ihn daran, hinzuzusetzen: »Bitte fühlen Sie sich ganz wie zu Hause.«

Wir nahmen rings um den Tisch Platz. Der Raum hatte kein Fenster. Die beiden anderen Häftlinge waren jünger als er, einer von der Insel Réunion, der zweite aus Marseille. Wir stellten uns vor und begannen, die Geschichte vorzulesen, die wir ausgewählt hatten.

Das Ziel von Einsperrung ist es, allen Austausch mit der Welt auf ein Minimum zu reduzieren. Und das hat eine Auswirkung auf Stimmen. Die unseren, während wir lasen, waren anders als die Stimmen von Häftlingen. Unsere Stimmen waren flüchtig – wie Schwalben im Flug, durch ein Fenster gesehen. Vielleicht waren unsere Stimmen interessanter als die Geschichte, die wir vorlasen.

Geräusche in einem Gefängnis hallen wider wie Lärm im Laderaum eines Schiffes. Es gibt nichts, was sie absorbieren oder bemänteln könnte. Wie die Häftlinge haben Geräusche dort keine Privatsphäre. Also hörst du die meiste Zeit weg – es sei denn, du entscheidest dich, hinzuhören. Entscheidest du dich dafür, dann hörst du genau hin. Bei unseren Stimmen hörten die drei Männer hin.

Der Aufpasser, der neben der Tür des Raumes an die Wand gelehnt stand, las ein Comicheft. Er brauchte keine Stimmen. An dem Ring, der an seinen Gürtel gekettet war, hing ein Schlüssel zu jeder Tür.

Es war eine Liebesgeschichte, die wir vorlasen. Eine Geschichte von Leidenschaft, Verbrechen, Verhören, Traum, Tod, Vergebung. Schauplatz eine ferne Metropole.

Der Junge von der Insel Réunion saß zusammengekrümmt da und runzelte die Stirn. Der Marseillais lehnte sich zurück und sah aus, als wäre er allein und führe in einem Auto zu der Metropole. Auf dem Sweater des Mannes mit der Brille bemerkte ich plötzlich das Markenzeichen von Lacoste, das grüne Krokodil. Ein Mann, der zu unterscheiden versteht. Während wir lasen, nickte er, als wandele sich die Anerkennung vielleicht zu Dankbarkeit.

Im Gefängnis wird die Phantasie von einer Form der Genialität in Bann gehalten, die draußen selten diskutiert oder gewürdigt wird. Die Phantasie eines jeden Gefangenen räumt dieser Genialität ihren besonderen Wert und Platz ein, doch alle identifizieren sich damit. Es ist die Genialität, die es zur Flucht braucht, die Genialität der wenigen, die sich »aus dem Staube« machen.

Von den Reißbrettern, auf denen die Strafvollzugsgebäude entworfen wurden, größtenteils vor hundert Jahren, bis hin zu den neuerdings installierten Videokameras, von den metallenen Galerien vor den Zellentüren bis hin zu den elektronischen Alarmsystemen, von dem obsessiven Argwohn der meisten Aufpasser bis hin zur Clausewitzschen Ausbildung der Gefängnisdirektoren – alles ist dazu ersonnen und wird dazu eingesetzt, Flucht undenkbar zu machen. Tag und Nacht werden systematisch gegliedert durch routinemäßige oder sadistische Erinnerungen an diese Undenkbarkeit. Und doch gibt es Leute, die sich nicht davon abbringen lassen, die ganze Zeit daran zu denken. Unter diesen gibt es ein paar, die versuchen, den Gedanken in die Tat umzusetzen. Und unter diesen wenigen gibt es eine Handvoll, denen es – wundersamerweise – gelingt.

Wenn es einem Gefangenen gelingt, sich »aus dem Staube« zu machen, träumen und sprechen die, die drinnen bleiben, über die Tat, als sprächen sie über ein Meisterwerk. Und ein Meisterwerk ist es. Eine Leistung, die sich in ihrer Phantasiefülle, Findigkeit, Disziplin, Hartnäckigkeit, Planung und Konzentration mit Donatellos Bronzetüren der Sakristei in Florenz vergleichen läßt oder mit Thelonious Monk, wenn er *Epistrophy* spielt.

Beim Eingang zum Hauptblock des Gefängnisses, vor dem Eisengitter und dem Metalldetektor, gab es ein Büro mit einem Dutzend Videobildschirmen, überwacht von einer Dickless Tracey. Sie konnte sich eine Kamera nach der anderen auf den Bildschirm holen, ganz wie sie wollte, und sie beobachtete den ganzen Tag lang. Männer bei der Gymnastik, Männer im Schlaf, Männer bei der Arbeit, Männer beim Plaudern, Männer beim Scheißen, Männer beim Rauchen, Männer beim Warten, Männer beim Geschichtenerzählen. Sie warf ihren Blick auf alle. Neben ihrem Telephon gab es einen Alarmknopf. Alle paar Minuten kontrollierte sie, was sie taten; nicht wissen konnte sie, was gesprochen wurde.

Wie jede Geschichte, die im Gefängnis erzählt wird, bot auch die unsere ein Mittel zu zeitweiliger Flucht. Sofern man zuhörte, machte man sich aus dem Staube …

In der Geschichte, die wir vorlasen, gab es nicht nur

Handlung, Spannung, Dialog, es gab auch alles, was normal war, was zum Aufwachen im alltäglichen Leben da draußen gehörte und was hier drinnen nicht existierte. In dem Raum ohne Fenster war die Geschichte eine Erinnerung an Berge, an Stille, ans Tanzen, daran, daß man sich aussuchen kann, welche Straße man entlanggehen will, an Privatsphäre und ihr besonderes Geschenk, das in Intimität besteht, daran, daß man selbst entscheiden kann, was man essen möchte und wann, daß man gedankenlos ein Fenster öffnen kann, daß man einen Zug nehmen kann oder ein Bad, an Türen, durch die niemand sehen kann …

Als wir das nächste Mal eine Pause einlegten, sagte der Mann mit der Brille, die Hände in der Luft wie Vögel im Fluge: »Sehr ordentlich. Und wunderschön ausgedacht. Wirklich ordentlich.«

Wir fuhren fort mit der Geschichte, und die Geschichte fuhr fort, in den drei Männern Erinnerungen wachzurufen. Ehe wir zum Ende kamen, unterbrach uns der Aufpasser und hielt seine Armbanduhr hoch, als dächte er, wir verstünden vielleicht nicht, was Gefängniszeit sei. Es war Schluß.

»Vielen Dank für die Geschichte«, sagte der Junge aus Réunion.

Der Mann mit der Brille kam zu mir. Er wollte mehr denn je ein Gastgeber sein. Er sprach mit sanfter Stimme, als wäre er irgendwo anders – neben einem Gartentor zum Beispiel. »Ich hoffe, Sie einmal wiederzusehen … vielleicht in … einem anderen Gefängnis?«

Ich nickte.

Der Wärter führte die drei Männer den Korridor entlang. Der Mann mit der Brille und dem Lacoste-Sweater drehte sich um und machte eine unbestimmte Geste mit der Hand.

5
Alte Frau
mit einem Kinderwagen

Unweit Oxford Circus, London. In den neunziger Jahren. Ihr Alter schwer zu bestimmen, wahrscheinlich etwa fünfundvierzig. Ihre Habe lag in einem Einkaufswagen, aus einem Supermarkt entwendet. Sie rollte ihn den Bürgersteig entlang, das Gesicht leicht nach vorne geneigt, als handele es sich um einen Kinderwagen und als schaue sie ein Baby an. Ihre Habe im Wagen war in Plastiktüten verstaut. Sie trug ein Tuch um den Kopf und eine Fellmütze – was die Russen als Schapka bezeichnen. Das Fell war zum Großteil schadhaft. Außerdem trug sie eine Hose, eine wattierte Jacke und einen staubfarbenen Webpelzmantel. Von weitem hättest du meinen können, sie sei wie ein Eskimo bekleidet. Abgesehen von den Füßen. Sie trug amerikanische Turnschuhe. Die hatte sie in einer Mülltonne an der New Cavendish Street gefunden, die sich unweit der Hallam Street befindet, wo meine Mutter einmal gewohnt hat, als sie noch am Leben war.

In den Londoner U-Bahn-Stationen sind vor kurzem etliche Bänke an den Bahnsteigen durch ein neues Modell öffentlichen Mobiliars ersetzt worden. Eine Art Sitzstange – die es wartenden Fahrgästen erlaubt, die Füße vom Körpergewicht zu entlasten und sich ein wenig zurückzulehnen. Der bemerkenswerte Vorteil besteht darin, daß sich kein Landstreicher zum Schlafen darauf legen kann. Nachts, wenn sich die Frau mit der Schapka auf einem Stück Pappe niederläßt, das sie auf den Asphalt der U-Bahn-Station legt, zieht sie ihre weißen Schuhe nicht aus, sondern löst nur die Senkel, damit sie ihre Füße nicht einschnüren, die nachts dick werden, wie die meiner Mutter.

Jetzt ist es Mittag, und sie geht in die Fußgängerzone hinter Oxford Circus, wo sich Hunderte von Tauben versammeln. Sobald die Tauben die Frau mit der Schapka bemerken, trippeln sie herbei oder fliegen über die Pflastersteine auf sie zu. Aus ihrem Wagen holt sie eine schwarze Plastiktüte mit altbackenem Brot, das von einem Restaurant in der Mortimer Street weggeworfen wird; sie bricht das Brot mit den Händen, und immer wieder wirft sie eine Handvoll Krumen in die Luft.

Einige Tauben hocken auf ihren Armen, ein paar hängen flatternd über ihrem Kopf in der Luft, doch die meisten warten auf dem Boden, um die Krümel aufzupicken, wenn sie herabfallen. Von Zeit zu Zeit steckt sich die Frau geistesabwesend einen Brocken Brot in den eigenen Mund.

In meiner Kindheit hatten wir ein steinernes Vogelbad im Garten hinter unserem Haus, und während eines strengen Winters stapfte meine Mutter – die damals etwa so alt wie diese Frau gewesen sein muß – jeden Morgen durch den Schnee zwischen den Weißbirken, um Toast auf das gefrorene Wasser zu legen. Wie Maeterlinck glaubte meine Mutter, daß Vögel Botschaften von den Toten überbringen. Die Obdachlose, die jetzt einen Vogel in der Hand hält, scheucht die anderen fort, indem sie mit dem Kopf stößt und mit den Ellbogen in der Luft rudert. Der Vogel, den sie an die Brust drückt, hat ein paar Federn verloren, und sein runder Kopf, etwas kleiner als ein Tischtennisball, ist halb kahl. Er hat das Brot, das sie ihm reichte, nicht angenommen. Während sie die Taube immer noch gegen ihren Mantel drückt, sucht sie in einer anderen ihrer Plastiktüten herum und bringt eine Babyflasche mit einem Sauger und ein wenig Milch darin zum Vorschein. Es gelingt ihr, den Schnabel der Taube offenzuhalten und ihr ein paar Tropfen einzuflößen.

Jeden Tag bereitet sie, ehe sie zum Oxford Circus kommt, die Flasche für die kahle Taube vor, und jeden Tag, nachdem sie den übrigen Schwarm gefüttert hat, gibt sie der kahlen ihre Milch.

Eine Gruppe von Einkaufslustigen aus der Oxford Street bleibt jetzt stehen, um der Frau mit der Schapka zuzuschauen.

Sie können ja nicht durch die Mauern gucken, oder? sagt die Frau ohne Zuhause zu dem kahlen Vogel. Wenn sie den Garten anstarren wollen, solln sie doch!

Mama!

6
Zeichnung von einer jungen Frau, die Hand am Kinn

Wenn sie einen Raum voller Menschen betrat, war sie von einer nahezu byzantinischen Arroganz, wie die Kaiserin Theodora von Ravenna. Sie wußte sehr wohl: Selbstverteidigung begann für jemanden wie sie damit, daß jede Möglichkeit, sich ihr gegenüber Freiheiten herauszunehmen, ausgeschlossen war. Und zwar unmißverständlich ausgeschlossen, wie ihr Gesichtsausdruck und ihre Haltung klarmachten.

Ich sage »jemand wie sie«, weil sie eine Musikerin war, sie war eine Emigrantin, und die Art, wie ein langer, schwerer Rock von ihren Hüften herabhing, wenn sie tanzte, war biblisch – es erinnerte dich an endlose Generationen von Frauen.

Sie war von ihrer Großmutter großgezogen worden, einer Bauersfrau aus der Ukraine. Von ihr hatte sie gelernt, wie man Hühner schlachtete, Gänse fütterte und sich um die eigenen aufgeregten Eltern kümmerte – ihr Vater war Konzertcellist, ihre Mutter Pianistin.

Unter Anleitung ihrer Großmutter hatte sie im Alter von zwölf Jahren schon das Selbstvertrauen einer Stammesältesten. Ihr erster Liebhaber stellte sich ein, als sie dreizehn war.

Sie konnte einen Monat lang Geschichten erzählen. Sie hatte ihren eigenen Fundus und den ihrer Großmutter, auf die sie zurückgreifen konnte. Komisch, wahr, unwahr. Die Geschichten offenbarten allesamt, daß die Welt aus Menschen besteht, die wie Vögel in einem strengen Winter auf die eine oder andere Weise gefüttert werden müssen. Manche waren Krähen. Manche waren Finken. Wenn sie ihre Geschichten erzählte, krümmte sie sich zusammen wie eine alte Frau, die Kartoffeln schält, um sie in der Suppe zu kochen. Ihr Lachen – und sie lachte nur, wenn du auch lachtest – war leicht und silbern.

Konzentriert auf Beethovens vorletzte Klaviersonate, errötete sie, während sie spielte, und sie schwitzte wie ein Bauernmädel. Ich werde das Pathos jener Sonate nie mehr von dem Geruch ihres Schweißes, der nach trocknendem Gras roch, trennen können.

Einmal begann ich damit, sie zu zeichnen, gerade nachdem sie geübt hatte. Das Klavier war noch offen, und sie saß nicht weit davon. Ich verdrehte die Augen und wartete. Der Impuls zu einer Zeichnung kommt eher von der Hand als von den Augen. Vielleicht vom rechten Arm, wie bei einem Scharfschützen. Manchmal denke ich, alles sei eine Frage des Ziels. Selbst wenn man Opus 110 spielt.

Ihr linkes Auge schweift manchmal ab, so daß es ein wenig schielt. In jenem Moment war diese leichte Asymmetrie das Kostbarste, was ich sehen konnte. Hätte ich es doch nur berühren können, festhalten können mit meinem Stummel Zeichenkohle, ohne ihm einen Namen zu geben …

Sie wußte natürlich, daß ich sie zeichnete. Sie sandte etwas aus, um meinem Ziel entgegenzukommen. Wenn das, was sie aussandte, mein Ziel nicht verfehlte, sondern es berührte, dann gab es die Chance, daß eine gute Zeichnung entstand.

Ich habe nie begriffen, worin bei einem Porträt die Ähnlichkeit besteht. Man kann zwar sehen, ob sie vorhanden ist oder nicht, aber es bleibt ein Geheimnis. Photos zum Beispiel haben niemals eine »Ähnlichkeit«. Die Frage stellt sich bei einem Photo nicht einmal. Ähnlichkeit hat wenig mit

Gesichtszügen oder Proportionen zu tun. Vielleicht ist es das, was eine Zeichnung empfängt, wenn zwei Ziele sich wie zwei Fingerspitzen berühren.

Allmählich kam der gezeichnete Kopf auf dem Papier dem ihren näher. Doch jetzt wußte ich, daß er niemals nahe genug kommen würde, denn es hatte sich ergeben, wie es beim Zeichnen geschehen kann, daß ich sie liebte, daß ich alles an ihr liebte, und keine Zeichnung, so gut sie auch sein mag, kann mehr als eine Spur sein.

Wie sie so dasaß, erzählte sie mir einen Witz über die Dorfbewohner in irgendeinem Land, die so knauserig waren, daß sie, wenn sie zu Bett gingen, die Uhren in ihren Häusern anhielten, da sie auf diese Weise länger laufen würden!

Ich spürte allmählich, daß die Entwicklung der Zeichnung, die ich von ihr machte, mit einer anderen Entwicklung im Zusammenhang stand. Jeder Strich oder jede Korrektur, die ich auf dem Papier vornahm, war wie etwas, das ihr vor ihrer Geburt vermacht worden war. Die Zeichnung holte die Zeit herauf. Und ihre Spuren waren wie Chromosomen erblich.

Ich erwähle dich zu meinem zweiten Vater, sagte sie genau in dem Moment.

Ich zeichnete die Hand, die das Kinn hielt.

Schließlich war eine Art von Porträt zustande gekommen, der größte Teil wegradiert, und es schien mir vollendet zu sein; also gab ich es ihr.

Zuerst warf sie einen Blick darauf wie die Kaiserin Theodora. Dann wurde sie, während sie es musterte, ganz sie selbst und nur einundzwanzig Jahre alt.

Darf ich es haben? fragte sie.

Ja, Anjischka.

Zwei Tage danach kehrte sie mit ihrem Porträt nach Odessa zurück, und ich behielt dieses Bild aus Worten.

7
Mann in Ledermontur und Sturzhelm, völlig reglos dastehend

Das britische Freibeuter-Team, Phase One Endurance, hat Anfang dieses Jahres auf einer Kawasaki TT I das 24-Stunden-Endurance-Rennen von Lüttich gewonnen. Und der erste Fahrer, Simon Buckmaster, liegt im Moment bei der Endurance-Weltmeisterschaft nach Punkten auf dem dritten Platz. Heute abend könnte er auf den ersten Platz vorrücken. Seine Teamkameraden sind Steve Manley und Roger Bennett.

Es ist die vierte Stunde des Bol d'Or. Manley ist auf der Strecke, und Bennett wartet bei der Box, um ihn abzulösen. Zum zweiten Mal seit dem Start wird Bennett da draußen sein, die Fahrtrichtung anpeilend, neben der Maschine hängend, aufs Tempo drückend. Phase One liegt im Moment auf dem siebten Platz. Es ist heiß, und deshalb hat er seine einteilige Ledermontur geöffnet und bis zur Hüfte herabgezogen. Aus Respekt spricht niemand mit ihm – ebensowenig, wie man mit einem betenden Menschen sprechen würde.

Um alles zu riskieren, mußt du dich von jedem Kontakt zurückziehen. Und wenn die Einsamkeit dort draußen dich nicht entnerven soll, mußt du früh in sie hineinschlüpfen. Er besprenkelt seinen Oberkörper mit Wasser und setzt sich. Er läßt den Kopf kreisen, um die Nackenmuskeln zu entspannen und den Hypothalamus, der den Speichel kontrolliert und das ganze Adrenalin – für das es keine Box zum Auftanken gibt.

Er hält sich abseits. Die Strecke mit ihren dreizehn Kurven und zwei Zickzackkurven ist seinem Kopf und seinen Armen eingeschrieben wie ein Seil, mit dem man Knoten schnürt und löst. Er schüttelt die Beine, als schüttele er Staub ab. Sechsundzwanzigmal in jeder Runde wird er, während er die Ideallinie sucht, die Lenden über den Sattel schieben, das Knie zum Asphalt hin angewinkelt. Niemand spricht mit ihm.

Ein befreundeter Fahrer kommt wortlos herein und bandagiert Bennetts Handflächen mit einer Mullbinde, um Blasenbildung zu verhindern. Als der Freund gegangen ist, nimmt er die Binde wieder ab und bandagiert sich die Hände neu. (Ich denke an Glenn Gould, der wollene Handschuhe trägt und Bach auf dem Klavier spielt.) Er steckt sich Pfropfen in die Ohren. Setzt sich den Helm auf. In dem Moment, da du den Helm aufhast, ist es, als wärst du schon losgefahren.

Die Mechaniker bringen ihre hydraulische Hebevorrichtung in Position, stellen zwei Räder zum Wechseln bereit und überprüfen den Nachfülltank. In der Boxengasse hockt sich Bennett mit dem Helm auf dem Kopf in Fahrposition auf die Fersen, wobei sich sein Körper auf die Konturen der Maschine einstellt, die er besteigen wird. Die Nummer 5, die ihm gehören wird, wenn er selbst fährt. Bitte, Gott.

An der Auslaufseite der Boxen lehnt eine junge Frau an dem Drahtgitter, das das Publikum fernhalten soll, sie hält ein kleines Kind in den Armen und sagt: Schau doch, da ist Daddy! Das kleine Mädchen schaut, reagiert aber nicht.

Manley fährt herein. Sagt einen Satz zu Bennett. Bei dieser Übergabe zwischen Fahrern wird nur das Allerwichtigste mitgeteilt. Schon ist Bennett fort.

Manley kommt aus seinem Helm hervor. Das kleine Mädchen sagt: Daddy! Das Gesicht ist rot, das lange Haar feucht von Schweiß. Um die Augen ist sein Gesicht vorübergehend entstellt, wie bei jedem Endurance-Fahrer nach fünfundzwanzig Runden: als wäre die Haut von den Wangenknochen gezogen und als schützten die Augenlider die Augen nicht mehr. Er kommt herüber an den Draht, zieht die Handschuhe aus und gibt sie seiner Tochter zum Spielen.

Das weiße Leder über seiner linken Schulter ist aufgerauht und abgeschürft. Vor ein paar Monaten hat er sich bei einem Sturz das Schlüsselbein gebrochen. Zart berührt er den Draht neben dem Gesicht seiner Frau und fängt an zu reden.

Nachdem sie hereingekommen sind, müssen sie reden, denn sie müssen aus dem Helm wieder herauskommen. Er redet, und später folgt er seiner Frau, um sich unter einer improvisierten Dusche zu waschen.

Buckmaster bereitet sich darauf vor, zum dritten Mal hinauszugehen. Er ist allein. Bennett ist von einer Ducati überholt worden, doch es gibt bereits Gerüchte, daß die Ducatis das Tempo nicht halten werden. Buckmaster begibt sich in seinen Helm, steht völlig reglos da und wartet, klein, ein Sturmtaucher, der von einer Felsklippe aufs Meer hinaussieht.

Das Heulen, als Bennett hereinkommt. Zwanzig Sekunden später das Heulen, als Buckmaster losfährt. Einbruch der Nacht.

Im Mannschaftszelt kocht die Mutter des ganzen Phase One Teams das Abendessen mit einer Sauce bolognese für Pasta, als über den Lautsprecher die Nachricht von einem Doppelsturz kommt – von dem die Suzuki Nr. 7, Favorit auf dem ersten Platz, und ihre eigene Nr. 5 betroffen sind.

Was ist passiert? Niemand weiß Genaues. Ein Rennunfall. Hier die Beschreibung eines solchen durch Sophokles etwa um das Jahr 450 v. Chr.:

»Bei jeder Kehre der Rennbahn nahm Orest sein inneres Rennpferd scharf an den Zügel, während er bei dem äußeren lockerließ, wobei er sich so geschickt anstellte, daß die Radnabe jedesmal nur um Haaresbreite am Wendepfosten vorbeikam; und so hatte der arme Kerl gefahrlos jede Runde, bis auf eine, ohne Mißgeschick für sich oder seinen Wagen hinter sich gebracht. Doch in der letzten verschätzte er sich bei der Kehre, ließ den linken Zügel locker, ehe das Pferd sicher die Kehre genommen hatte, und so fuhr er gegen den Pfosten. Die Nabe zersprang, und er wurde über das Geländer geschleudert …«

Bei einem Unfall da draußen lebend davonzukommen – ist 'ne üble Strecke, sagt einer der Mechaniker im Mannschaftszelt, du hast 240 Stundenkilometer drauf, wenn du Glück hast, lebst du noch.

Graziano, der Suzuki-Fahrer, schiebt sein Motorrad zu den Boxen zurück. Nr. 5 hat das Rennen aufgegeben. Simon Buckmaster hat sich nicht vom Geländer weggerührt, gegen das er geschleudert wurde.

Wenig später im Krankenhaus sahen sich die Chirurgen außerstande, sein durchtrenntes Bein zu retten; sie mußten es unterhalb des Knies amputieren. Einbruch der Nacht.

8
Zwei Hunde unterhalb eines Felsens

Ich kenne Tonio länger als alle meine anderen Freunde. Beinahe ein halbes Jahrhundert. Nachdem wir voriges Jahr Heu abgeladen hatten und, erhitzt und durstig wie wir waren, Cidre mit Kaffee tranken, fing er an, eine Geschichte zu erzählen.

Ich habe Antonin, den Hirten, zweimal weinen sehen. Er war verheiratet. Viel hat er seine Frau nicht gesehen, Hirten sind da wie Soldaten. Sie starb, und er weinte, als er mir von ihrem Tod erzählte. Das zweite Mal, daß ich Antonin habe weinen sehen – also, ich werde es dir erzählen.

Die beiden Männer waren im Tal von El Requenco, gleich nördlich von Madrid. Sie sind einander niemals woanders begegnet. Auf einem Meßtischblatt der Gegend mit entsprechendem Maßstab findet man am Südhang des Tales ein Gebäude eingezeichnet, und unter dem kleinen Quadrat stehen die Worte »Casa Tonio«. Tonio hat drei Jahre gebraucht, um es zu bauen. Es ist kein eigentliches Haus, eher wie eine Hütte. In einer Höhe von 1000 Metern an einen Berghang mit geborstenen Findlingen und Steineichen geklammert, wie ein sich neigendes Grab, wie ein Mann, der dort an der Ecke eines Tisches sitzt. Wenn Tonio tiefer unten am Hang aus seinem Fiat-Lieferwagen steigt und langsam zu seiner Hütte hinaufklettert, geht er genau wie ein heiliger Hieronymus. Er hat die Beine eines Einsiedlers, lang, dünn, mit unerklärlich gerundeten Knien, wie alle Einsiedler sie hatten. Die Hütte ist von einer vier Meter hohen Mauer aus rohen Steinen umgeben, die eine Art Pferch bildet, der vor langer Zeit zum Schutz eines Bienenstandes gebaut wurde. Alljährlich kam im Mai ein mit Bienenkörben beladener Lastwagen die ungepflasterte Straße entlanggefahren, und Männer trugen die Bienenkörbe herauf, um sie in dem Pferch aufzustellen. Zwei Monate lang machten die Bienen dort Honig. Ansonsten ist es nur ein Ort für Schafe, Ziegen oder Eidechsen.

Im Mai steht der Gilo in Blüte, sagt Tonio. Der Gilo ist ein häßliches Gestrüpp, doch seine weißen Blüten sind überall, wie Schnee. Wie Manna vom Himmel.

Seit Tonio sich zur Ruhe gesetzt hat, widmet er sich in El Requenco häufig dem Zeichnen. Er zeichnet die geborstenen Felsen, die Steineichen, das spärliche Gras, die trockenen Geröllbetten der Sturzbäche. Große schwarze Zeichnungen, auf denen er alles zusammenfügt, als wäre die sich windende Oberfläche der Erde in El Requenco der Panzer einer ungeheuren und urzeitlichen Schildkröte. Hoch droben am Himmel kreisen Geier. Während er zeichnet, hört er ihre fernen Schreie, Schreie, die das letzte Wehklagen eines Tieropfers nachahmen, als wollten sie es darin bestärken. In El Requenco ist das Vieh auf Hirten angewiesen. Antonin ist gedrungen und kantig. An den Füßen trägt er Sandalen, die aus alten Lastwagenreifen zugeschnitten sind. Reifen, die viele Male durch Ziegenscheiße gefahren sind. Antonin hat niemals das Lesen gelernt, und er spricht auf seine eigene Weise.

Mit »den großen Wassern« meint er die wolkenbruchartigen Regenfälle, die von den häufigen Gewittern hervorgerufen werden. Er trägt einen schwarzen Hut mit demselben Stolz, wie Salomon eine Krone trug. Nachdem Antonin tagelang mit seiner Herde im Tal allein war, ist der Anblick der »Casa Tonio« wie ein gerahmtes Photo: eine feierliche Erinnerung an sonst vergessene Anlässe. Allein im Tal, kämpfen die beiden Männer heftig an gegen eine sich unwillentlich einstellende Intimität. Eine Zigarette, wenn sie auf einer der Terrassen sitzen, wo früher die Bienenkörbe standen, ein Glas zu trinken, während sie einander erzählen, was sie in der vergangenen Woche am Berghang gesehen haben, mehr nicht. Und wenn sie dort sitzen und ins Tal hinabschauen, fluchen sie oftmals.

Eines Tages kam Antonin vorbei, als Tonio sich gerade sein Essen zubereitete: Kartoffeln mit Speck. Tonio lud den Hirten ein, ihm Gesellschaft zu leisten. Der Einfall kam ihm ohne jede Überlegung. Er sprach die Einladung aus, als erzähle er eine schlichte Tatsache, wie etwa: »Gestern habe ich den Dachs gesehen.« Antonin signalisierte seine Zustimmung, indem er den Hut abnahm und den Kopf senkte. Tonio machte eine Geste, um anzudeuten, daß die beiden Hunde draußen bleiben sollten. Als der Hirt jedoch die Schwelle überschritt und den einzigen, einzigartigen Raum der Casa betrat, geschah etwas, das keiner der beiden Männer vorhergesehen hatte. Der eine fand sich wie mit verbundenen Augen zurecht, und der andere nicht. Tonio stellte Teller auf den Tisch, legte Messer und Gabeln daneben, holte Gläser und eine Karaffe mit schwarzem Wein, brachte das Brot. Antonin lehnte sich auf seinem Stuhl zurück, sagte von Zeit zu Zeit einen Satz oder zwei, sprach von Sturzbächen und Pferchen, von Namen, die Tonio nicht vertraut waren, doch ansonsten saß er einfach da, schweigend, lächelnd, wie ein Mann, der sich am Sonntagmorgen im Kaffeehaus die Haare schneiden läßt. Tonio schnitt Tomaten und beträufelte sie mit Olivenöl. Die Hunde draußen fanden unterhalb eines Felsens einen Platz im Schatten. Als die beiden Männer schließlich bei Tische saßen, goß Antonin Wein in die Gläser. Doch im übrigen war es Tonio, der seinen Gast bediente. Beide aßen mit Genuß. Zuweilen lehnten sie sich zurück, um miteinander zu sprechen. Als sie aufgegessen hatten, blieben sie beim schwarzen Wein. Durch das Fenster sah das Tal in der Nachmittagshitze so grausam aus wie immer. Schließlich setzte sich Antonin seinen Hut auf, und nachdem er zehn Minuten lang in seiner Tasche gekramt hatte, zog er einen Tausendpesetenschein hervor, den er diskret auf den Tisch gleiten ließ.

Das kannst du nicht tun! wehrte Tonio ab. Das geht nicht! Es hat mir Freude gemacht.

Nie in meinem Leben hat mich ein Mann bei Tisch bedient, erklärte Antonin. Es war wie in einem feinen Restaurant.

Steck das wieder ein! brüllte Tonio. Du spuckst auf meine Freude.

Keine zehn Pferde …, fing Antonin an.

Doch der andere hielt ihm mit zitternder Hand den Schein über den Tisch hin. Antonin stand auf, verbarg das Geld in der Tasche, nahm den Hut ab, und dann stand er da, die Arme ein wenig vom kantigen Körper abgespreizt. Zwischen den Fingern der linken Hand hielt er eine Zigarette ohne Feuer, in der rechten hielt er den Hut. Reglos stand er da in der Hütte, und Tränen liefen ihm die Wangen herab. Als Tonio Antonin so sah, begann er selbst zu weinen. Keiner der beiden verbarg etwas. Die Hunde sahen zu und warteten. Ihr Herr hatte den Rücken der Tür zugewandt, und der andere Mann stand wie zur Salzsäule erstarrt da. Lange Minuten regten sich beide nicht. Dann hoben sie langsam die Hände und umarmten einander.

9
Ein Haus, von Le Corbusier entworfen

André wartet darauf, daß er sein Haus im Pariser Vorort Boulogne-Billancourt räumen muß. Zeitlebens hat er dieses Haus als Inbild eines Zuhauses in seinem Kopf mit sich herumgetragen; und während der letzten fünfundzwanzig Jahre hat er auch tatsächlich darin gewohnt. Das Haus allerdings gehört jemand anderem – eine Sache amerikanischer Rechtsanwälte.

Wieder ein *Etáp*! erklärt André. Vielleicht der letzte, mein einhundertfünfundzwanzigster! *Etáp* bedeutet auf russisch »Transfer«. Es war das Wort, das die Gefangenen im Gulag benutzten, wenn sie von einem Lager in ein anderes verlegt wurden. Transfers fürchteten die *Seks* am meisten; gleichwohl gab es sie oft. Das Unbekannte erschien bedrohlicher als das Bekannte, selbst wenn letzteres unerträglich war. Dem Körper, der bereits erschöpft war, fiel es oftmals verhängnisvoll schwer, sich anderen Bedingungen anzupassen. Und bei jedem Transfer wurden die Teilchen, aus denen die Identität bestand, zerstreut oder zerbrochen und mußten wieder eingesammelt oder neu zusammengesetzt werden.

Zuerst leistete André gegen die Kündigung Widerstand – er weigerte sich, das Haus in Boulogne-Billancourt zu verlassen, und verbarrikadierte sich darin. Neben dem schweren Metalltor, das auf die Straße führt, verwahrte er einen Russenspaten mit kurzem Stiel. Manch einen habe ich gesehen, sagte er, der mit solch einem Instrument geköpft wurde.

Jahrelang leistete er Widerstand. Doch dann entschied er sich anders. Wenn sie kommen und ihn dort vorfinden, so überlegt er sich heute, dann werden sie aus purer Gehässigkeit alles zerstören, was ihnen unter die Finger kommt. Etwas davon zu verkaufen lohnt sich nicht. Du kriegst nichts dafür, sagt er, doch mir hat dieser Krimskrams sehr viel zu sagen. Er zwinkert mit einem seiner verschmitzten, mandelförmigen Augen.

Ein Umzug muß geplant werden wie ein Ausbruch, so sagt er mit Nachdruck, keine Einzelheit, und sei sie noch so klein, ist unwichtig. Tag für Tag packt er Papiere, Kleiderfetzen, Bücher, Zeichnungen, Briefe, Zeitungsausschnitte, Ersatzteile für Gott weiß was, eine Plastikflasche für Olivenöl in Form einer griechischen Vase, an der seine Mutter einst ihre Freude gehabt hat, in Pappkartons, die er numeriert. Auf diese Weise hofft er, noch vor dem Transfer auszubrechen und alles mitzunehmen.

Achtmal ist er damals ausgebrochen. Und das war im Kolyma ein berühmter Rekord. Der Ausbruch aus Boulogne-Billancourt wird das neunte Mal sein. Wenn du erst mal auf der anderen Seite des Zauns bist, sagt er, dann hast du nicht gerade Tourismus im Sinn! Er wird in ein einziges Zimmer ziehen, fünf mal drei Meter, im fünften Stock.

Das Haus, das er räumen muß, wurde 1923 von Le Corbusier für Berthe, Andrés Mutter, und seinen Stiefvater, einen Bildhauer, entworfen. Mit der Atelierwand aus trübem Glas und dem zerbröckelnden Beton auf dem Flachdach sieht es heute eher nach einer verlassenen Reparaturwerkstatt aus, deren Benzinpumpen schon vor langer Zeit demontiert wurden! Gleichviel, es ist eine Sache amerikanischer Rechtsanwälte.

Es gibt ein Doppelporträt von Andrés Mutter und seinem Stiefvater, das Modigliani 1917 gemalt hat: Berthe, die aus Moskau stammte, ist rechts zu sehen, Jacques Lipchitz links.

Manchmal meine ich, in der Stellung von Berthes Mandelaugen eine Ähnlichkeit mit André zu erkennen.

Ein Fremder, der nach dem Augenschein urteilt, könnte André für einen Renaultverkäufer halten, der vor einem Jahr in den Ruhestand gegangen ist. Mit seinen achtundsiebzig Jahren ist er für sein Alter bemerkenswert lebhaft, drahtig und jung.

Im Inneren des Hauses gibt es eine Wendeltreppe, die zum Wohngeschoß hinaufführt. Das erste Zimmer, zu dem die Treppe führt, ist ein Schlafzimmer, eigens entworfen für André, als er noch ein Junge war. Über dem Bett hängt heute ein Gemälde, das einen Steppenwolf im Schnee darstellt. Mein Porträt, witzelt André und nickt dem Wolf zu.

Das ist nun mein letzter Transfer, und dabei muß ich an meinen ersten denken. Wußte ich denn vorher, was Transfer bedeutet? Ich war vierzehn. Ich nahm den Zug von der Gare du Nord, in Begleitung von Lunatscharski, dem Erziehungsminister des Volkes! Mutter hatte das arrangiert. Als der Zug in Berlin abfuhr, fiel der Geliebten des Ministers plötzlich ein, daß sie nicht all die Unterwäsche gekauft hatte, die sie kaufen wollte – ah! diese geheime Welt! –, und also stand sie auf, ich war im selben Abteil, und sie zog die Notbremse. Der Zug kam rumpelnd zum Stehen. Und die Männer spielten Karten, bis sie mit ihren Einkäufen zurückkehrte … Als ich einunddreißig Jahre später rehabilitiert wurde und Lunatscharski tot war, habe ich sie bei meiner Rückkehr nach Moskau gesehen, eine alte Frau im schwarzen Kleid.

Nach Berlin, Warschau, Brest-Litowsk und Minsk kam ich am Morgen des zehnten Jahrestags in Moskau an. 7. November 1927.

Ich ging direkt zum Roten Platz, um mir die Militärparade anzuschauen und um zum ersten Mal im Leben meinen Vater zu sehen. Er stand in seiner Generalsuniform auf dem Podest und nahm die Parade ab! Ich blickte zu ihm empor, doch es waren achtundzwanzig Grad minus, und ich konnte an nichts anderes denken, als daß mir furchtbar kalt war. Ich war angezogen, als ginge ich in Paris ins Lycée – mein leichter Anzug mit Knickerbockern, ein modischer weißer Regenmantel mit dunklen Bernsteinknöpfen und Schuhe mit dicker, schwammiger Gummisohle. Ich fiel auf, und ich fror mich zu Tode.

Ein paar Offiziere hinter dem Podest bemerkten mich und hatten Mitleid. Damals sprach ich kaum Russisch. Einer von ihnen näherte sich meinem Vater und fragte ihn flüsternd, was zu tun sei. Wickeln Sie ihn in eine Persenning und liefern Sie ihn bei mir zu Hause ab! befahl er. Und so geschah es. Man rollte mich in eine Armeepersenning, hievte mich in einen Motorradbeiwagen und schob mich durch die Eingangstür. Meine Stiefmutter dachte, ich wäre ein neuer Teppich! Schließlich meinte sie, den Teppich vor sich hin murmeln zu hören! Bald darauf verließ ich das Haus der beiden. Zwei Jahre lang war ich Vagabund, und schon im Winter 1930 war ich ein Volksfeind. Mein Vater, der General, wurde 1937 hingerichtet.

Um das Haus in Boulogne-Billancourt liegen viele unbearbeitete Stein- und Marmorblöcke verstreut. Lipchitz ging 1940 nach Amerika und kehrte niemals wieder. Am Hintereingang steht gewöhnlich ein blauer Emailleteller bis zum Rande gefüllt mit Katzenbiskuits. Für die Vögel, erklärt André, sie picken daran … Siehst du den Kirschbaum dort? Er ist von selbst gewachsen ein Jahr nach Mutters Tod. Als sie noch lebte, hatte sie die Angewohnheit, Kirschkerne aus dem Wohnzimmerfenster zu spucken. Schattenmorellen hatte sie besonders gern.

Berthe bestand 1946 nach Ende des Krieges darauf, New York zu verlassen und in das Pariser Haus zurückzukehren: Mein Sohn ist noch irgendwo am Leben, das fühle ich, sagte sie, und wenn er freigelassen wird, geht er zu dem Haus in

Boulogne, um mich zu finden, und wenn ich nicht da bin, wenn er kommt, dann werden wir einander auf dieser Erde niemals wiedersehen.

Sie kam allein zurück, und sie mußte vierzehn Jahre darauf warten, daß André zurückkehrte und wieder in dem Zimmer schlief, das für ihn entworfen wurde, als er ein Junge war. Inzwischen war er fünfundvierzig Jahre alt, er hatte siebenundzwanzig Jahre im Gulag verbracht und war einhundertvierundzwanzigmal verlegt worden.

Der Sohn kümmerte sich um die Mutter, bis sie starb. Er verdiente seinen Lebensunterhalt in Paris, indem er Lebensversicherungen verkaufte.

Als erstes hängte er bei seiner Rückkehr einen Tennisball in einem Netz an einen Baum, zwanzig Zentimeter über der Erde. Damit die Katze seiner Mutter damit spielen konnte. Heute hängt er immer noch da.

Während er einen der Pappkartons vollpackt, stößt er auf ein Aquarell, hält inne und betrachtet es mit ausgestreckten Armen. Es ist besser, als ich dachte, damals, als ich es gemalt habe, sagt er, willst du es? Das Aquarell zeigt eine Hütte in den Alpen zur Sommerzeit. Um die Hütte herum liegen Heuhaufen. Alles war ganz deutlich ausgeführt, wie eine Kinderzeichnung, aus der Phantasie, nicht vor Ort gemalt. Ja, ich nehme es gern.

Ich werde es signieren, sagt er, und auf die Rückseite schreibt er in großen Einzelbuchstaben: »Meinem lieben John – in Erinnerung an meine herrlichen Ferien im August 1905, die ich in deiner Berghütte verbringen durfte – André.«

Während er schreibt, beißt er sich auf die Lippe, um nicht laut herauszulachen und den Witz zu verderben. 1905 war noch keiner von uns geboren und keiner von uns auch nur einmal verlegt worden.

10
Frau auf einem Fahrrad

Die Knollen in der Schüssel auf dem Fensterbrett in der Küche keimen. Manchmal, zielgerichtet wie Bohrer, bahnen sich Kartoffelkeime, wenn der Frühling kommt, auf der Suche nach Licht ihren Weg durch Pappe und sogar durch Holz. Wenn die Knollen auf dem Fensterbrett die gleichen sind, die sie letztes Jahr geschickt hat, dann werden sie zu Miniaturnarzissen erblühen. Jede Blume nicht größer als ein Daumennagel. Mit einem süßlich stechenden Duft – fast wie der eines sterbenden Tieres. Blumen des Nordens. Rentierblumen.

Im Küchenschrank befindet sich ein hausgemachter Honigkuchen, den sie ebenfalls geschickt hat. Der Himmel weiß, woraus das Rezept besteht. Wie Siruptorte, doch statt des Sirups eine Mischung aus Honig und geriebenen Nüssen. Haselnüsse vielleicht? Jedenfalls die letzten Nüsse, die man wohl findet, wenn man gen Norden nach Lappland reist.

Auf dem Tisch befinden sich afrikanische Toffees. Vielleicht irre ich mich. Vielleicht stammt nur die Flechtschachtel, in der die Toffees sind, aus Afrika. (Drinnen war ein Etikett, auf dem Uganda stand.) Die Toffees selbst, ein jedes offenbar von Hand eingewickelt, weich und schwarz, sind wahrscheinlich eher in ihrer Küche in Göteborg hergestellt worden.

Ihr habe ich es ebenfalls zu verdanken, daß ich vor ein paar Jahren Torgny Lindgren entdeckte. In eines der Pakete, die sie schickte, legte sie *Mehrabs Schönheit* – die beste Erzählung, die je über eine Kuh geschrieben wurde. Daraufhin habe ich alles von Lindgren gelesen. In dem Brief, der im Paket lag, schrieb sie:

Ich sitze auf der Fähre nach Dänemark. Wir verlassen Göteborg durch die lange Hafeneinfahrt – Öltanks – alles hat sich verändert. Der Innenhafen ist in gewisser Weise tot, keine Werften mehr, nur diese großen »Hotelfähren« nach Dänemark und Deutschland, alles Privatfirmen. Ich hasse es, mit diesen »Seehotels« zu reisen, doch es ist die einzige Möglichkeit – und ich fahre immer als »freier Passagier«. Ich eile in der allerletzten Minute mit meinem Fahrrad und ohne Billett an Bord! Wir haben trüben Himmel, bei etwa minus 4° C. Im Radio habe ich gehört, daß im Norden, wo ich geboren wurde, minus 30° C herrschen.

Das war die Frau, die eines Nachmittags im April auf einem Fahrrad in der Nähe des Lac du Bourget unweit von Aix-les-Bains eine schmale Landstraße entlangfuhr. Ein Gedicht von Lamartine macht den See berühmt.

»Ainsi, toujours poussés vers de nouveaux rivages,
dans la nuit éternelle emportés sans retour,
ne pourrons-nous jamais sur l'océan des âges
jeter l'ancre un seul jour?«

Das Fahrrad war eines jener hohen Exemplare, womit ältere Professoren in Universitätsstädten fahren. Und sie unterrichtet tatsächlich: Sie hält Seminare über schwedische Literatur für asylsuchende Studenten – insbesondere für Flüchtlinge aus dem Iran und aus Uganda. Das Fahrrad jedoch war verwandelt worden. Nicht daß Griffe, der Sattel und die Pedale ausgewechselt worden wären: alle Teile waren noch dieselben, selbst die Bremsen, jede wie die Trense eines Pferdezaumzeugs. Die Verwandlung war das Ergebnis dessen, womit das Fahrrad beladen war. Das hintere Schutzblech war wie die Flanken eines Kamels mit Satteltaschen verkleidet. Ein Zelt, ein Schirm und eine Wasserflasche waren auf den hinteren Gepäckträger geschnallt. Im vorderen Gepäckkorb unter der Batterielampe befanden sich Straßenkarten, Lotionen, ein Beutel mit getrockneten Feigen, Kerzen, ein Hammer und ein neues Buch von Lindgren.

Diese Frau mit lockigem grauen Haar trat in der Nähe des Lac du Bourget in die Pedale, langsam, eine Landstraße entlang, langsam, doch beständig. Ein schwarzer Peugeot 605 näherte sich, er fuhr in der gleichen Richtung wie die Frau auf dem Fahrrad. Der Peugeotfahrer telephonierte mit einem seiner Geschäftspartner. Er unterschätzte den Abstand, und das Heck des Wagens streifte die rechte Satteltasche der Radfahrerin. Deshalb landeten Fahrrad und Fahrerin in der Pfütze.

Der Wagen hielt nicht an. Damit man einen Unfall, einen Zusammenstoß bemerkt, muß ein gewisses Gewicht mit im Spiel sein. Niemand denkt daran anzuhalten, wenn ein Schmetterling die Windschutzscheibe trifft. Und der Aufprall, den man in dem Peugeot spüren konnte, war nicht stärker.

Die Frau fluchte, rappelte sich auf und untersuchte den Schaden. Zunächst am Fahrrad, dann an sich selbst. Das Vorderrad war verbogen, und das linke Pedal hatte etwas abbekommen. Was sie selbst anging, so hatte sie eine Schnittwunde am Knie. Die Haut an ihren Beinen war glatt, fast wie Marmor. Watete man ein Leben lang in Meerwasser, so hätte das vielleicht eine solche Wirkung auf die Haut. Das Blut, das herausfloß, war dunkel. Sie band sich einen Lappen um das Knie und setzte sich an den Straßenrand, um auf den nächsten Autofahrer zu warten. Es war der Lieferwagen einer Bäckerei. Der Fahrer hielt an und nahm sie mit bis nach Yenne. Dort konnte ihr Fahrrad repariert werden.

Als sie sich am nächsten Morgen mit neuem Vorderrad und verbundenem Knie auf den Weg nach Norden machte, fing es an zu regnen.

Sie trug ein wasserdichtes Armeeregencape, als sie im Dorf ankam. Als erstes fielen mir ihre blauen Augen auf. Man sagt, daß blaue Augen weniger altern als dunkle. Und die Augen in ihrem verwitterten Gesicht waren die eines jungen Mädchens. Später erfuhr ich, daß sie verheiratet gewesen war und zwei erwachsene Kinder hatte. Wir hängten ihr Hemd über dem Küchenherd zum Trocknen auf und aßen Suppe und Käse. Danach nahm sie den Verband vom Knie ab, und ich sah die kleine Wunde.

In drei Tagen ist es verheilt, sagte sie.

Sie ging hinaus, kramte im vorderen Gepäckkorb ihres Fahrrades und brachte ein Glas Marmelade zum Vorschein.

Quittengelee, verkündete sie, für euch. Ich breche bald auf, doch wenn ich darf, möchte ich erst noch ein wenig spazierengehen.

Sie lehnte ihr Fahrrad gegen die Treppe draußen. Als sie eine halbe Stunde später wiederkam, hatte sie ein Bündel Primeln mit Wurzeln bei sich, die sie sorgsam im vorderen Gepäckkorb verstaute.

Es ist ein bißchen spät, um noch so weit zu fahren, sagte ich.

Manchmal fahre ich auch bei Nacht.

Haben Sie keine Angst?

Ich habe doch mein Fahrrad!

Als sie aufbrach und die Straße hinabfuhr, winkte sie, doch sie blickte nicht zurück. Sie trat langsam und beständig in die Pedale. Eine Vagabundin ohne Bedürfnis zu betteln, aber mit dem Bedürfnis zu geben.

II
Mann, in der Metro bettelnd

Es ist alles eine Frage der Zeit, sagt er.

Ich betrachte ihn. Er ist sechsundachtzig, und er sieht viel jünger aus, so als hätte er eine Sonderabmachung mit der vergehenden Zeit. Seine Augen sind von einem intensiven Blaßblau, und hin und wieder zucken sie, wie die Nase eines Hundes zuckt, wenn er eine Witterung aufnimmt. Es ist nicht leicht, seine Augen zu betrachten, ohne das Gefühl zu haben, man sei taktlos. Sie sind völlig entblößt – nicht aufgrund ihrer Unschuld, sondern aufgrund ihrer Beobachtungssucht. Wenn Augen Fenster zur Seele sind, dann haben die seinen weder Scheiben noch Gardinen, er steht im Fensterrahmen, und man kann an seinem Blick nicht vorbeisehen.

Monet und Renoir, sagt er, haben den Blick aus diesem Fenster hier gemalt. Sie waren mit Victor Chocquet befreundet, der in der Wohnung darunter wohnte.

Chocquet, der Mann, von dem Cézanne ein Porträt gemalt hat, mit einem freundlichen schmalen Gesicht und einem Bart? sage ich.

Ja, sagt er, Cézanne hat mehrere Porträts von Chocquet gemalt. Das hier ist eine Reproduktion des Monet aus dem Palais Royal. Sehen Sie, wie die Turmspitze hier in die Kuppel einschneidet, dichter als eine Tangente? Und jetzt schauen Sie einmal aus dem Fenster. Da ist es ebenso. Er hat genau von dieser Stelle aus gemalt … Das Photographieren interessiert mich nicht mehr.

Wenn er ein Tier wäre, dann wäre er ein Hase, glaube ich; er ist ständig im Begriff davonzuhüpfen. Nicht als fliehe er. Nicht als mache er sich lustig. Sondern zufällig, einfach so. Anstelle von Ohren, die ihm über alles Nachricht bringen, hat er Augen. Amüsierte Augen.

Was mich am Photographieren allein interessiert, sagt er, ist das Ziel, das Zielen.

Wie ein Bogenschütze?

Kennen Sie die zen-buddhistische Abhandlung über das Bogenschießen? Georges Braque hat sie mir '43 gegeben.

Leider nicht.

Es ist ein Seinszustand, eine Frage der Offenheit, der Selbstvergessenheit.

Man zielt blind?

Nein, da ist die Geometrie. Man verändert seine Position um einen Millimeter, und die Geometrie ändert sich.

Was Sie Geometrie nennen, ist das die Ästhetik?

Ganz und gar nicht. Es ist eher das, was Mathematiker und Physiker Eleganz nennen, wenn sie eine Theorie diskutieren. Wenn ein Ansatz elegant ist, führt er vielleicht in die Nähe dessen, was wahr ist.

Und die Geometrie?

Die Geometrie kommt aufgrund des Goldenen Schnitts ins Spiel. Doch Berechnung ist nutzlos. Wie Cézanne gesagt hat: »Wenn ich anfange zu denken, ist alles verloren.« Worauf es bei einem Photo ankommt, ist seine Fülle und seine Schlichtheit.

Ich bemerke die kleine Kamera auf dem Tisch neben ihm, in unmittelbarer Reichweite.

Ich habe das Photographieren vor zwanzig Jahren aufgegeben, sagt er, um mich wieder der Malerei und vor allem dem Zeichnen zuzuwenden. Trotzdem fragen mich die Leute ständig nach dem Photographieren. Vor einiger Zeit wollte man mir einen Preis für meine »schöpferische Laufbahn als Photograph« verleihen. Ich habe denen gesagt, daß ich an eine solche Laufbahn nicht glaube. Photographieren heißt, auf den Auslöser zu drücken, im richtigen Moment den Finger zu senken.

Er ahmt die Geste vor seiner Nase auf komische Weise nach. Und während ich lache, erinnere ich mich an die zenbuddhistische Tradition, durch Scherzen zu lehren und alles Schwerfällige zu vermeiden.

Nichts geht verloren, sagt er, alles, was du je gesehen hast, ist immer bei dir.

Wollten Sie je ein Pilot sein?

Jetzt ist er es, der lacht, denn ich habe richtig geraten.

Ich habe meinen Militärdienst bei der Luftwaffe abgeleistet, stationiert in Le Bourget. Nicht weit von dort, nach Paris zu, lag die Fabrik der Familie. Die berühmten Baumwollspulen von Cartier-Bresson! Also wußte man, daß ich der Sprößling eines Bourgeois war. Man ließ mich die Hangars mit einem Besen ausfegen. Dann mußte ich ein Formular ausfüllen. Ob ich Offizier werden wolle? Nein. Akademische Grade? Keine, schrieb ich, denn ich hatte mein Bakkalaureat nicht bestanden. Was seien meine ersten Eindrücke vom Militärdienst? Ich antwortete, indem ich zwei Verse von Jean Cocteau zitierte:

»Macht nicht soviel Aufhebens,
der Himmel gehört uns allen …«

Damit, so dachte ich, war ausgedrückt, wie gern ich Pilot wäre.

Der zuständige Offizier ließ mich rufen und fragte mich, was zum Teufel ich denn damit meinte. Ich sagte, ich hätte den Dichter Jean Cocteau zitiert. Was für einen Cocteau?

brüllte er. Und dann warnte er mich, wenn ich mich nicht hübsch in acht nähme, könnte ich in ein Strafbataillon nach Afrika versetzt werden. Tatsächlich landete ich bei einer Strafschwadron in Le Bourget.

Er hat die Kamera zur Hand genommen und blickt mich an – oder eher um mich herum, als hätte ich eine Aura, und währenddessen spricht er weiter.

Nach dem Ende des Militärdienstes war mein nächstes Ziel die Elfenbeinküste, und dort verdiente ich meinen Lebensunterhalt als Jäger. Ich schoß meist bei Nacht, mit einer Lampe am Kopf, wie ein Bergarbeiter. Wir waren zu zweit, und mein Kamerad war Afrikaner. Dann erkrankte ich an Schwarzwasserfieber. Ich wäre sicherlich gestorben, doch mein Jagdgefährte hat mich gerettet, denn er kannte sich wie ein Medizinmann aus in der Anwendung von Kräutern. Er hatte schon eine weiße Frau vergiftet, weil sie zu arrogant war. Mich dagegen rettete er. Er pflegte mich, und ich kehrte zurück ins Leben …

Während er mir diese Geschichte erzählt, muß ich an andere Geschichten denken, die ich gehört oder gelesen habe, von vermißten Reisenden, die von Nomaden und Jägern ins Leben zurückgebracht werden. Wer zurückgebracht wird, ist ein anderer Mensch geworden. Sein Zeichen hat durch eine Initiation gewechselt. Im darauffolgenden Jahr kaufte Cartier-Bresson seine erste Leica. Innerhalb eines Jahrzehnts war er berühmt.

Die Geometrie, so sagt er jetzt, bildet sich aus dem, was vorhanden ist, sie wird einem gegeben, wenn man imstande ist, sie zu sehen.

Er legt die Kamera, die er auf mich gerichtet hatte, unbenutzt beiseite.

Ich möchte Sie etwas fragen, sage ich, haben Sie bitte Geduld mit mir.

Ich? Ich kann nichts dafür. Ich bin ungeduldig.

Der Moment, wenn ein Photo aufgenommen wird, insistiere ich, »der entscheidende Augenblick«, wie Sie ihn genannt haben, der läßt sich nicht berechnen oder vorhersagen oder bedenken. Gut. Aber er kann doch leicht verlorengehen, nicht wahr?

Gewiß, für immer. Er lächelt.

Woran erkennt man nun den entscheidenden Sekundenbruchteil?

Ich spreche lieber über das Zeichnen. Zeichnen ist eine Form von Meditation. Bei einer Zeichnung fügt man Linie zu Linie, Stück zu Stück, doch man weiß niemals so recht, was aus dem Ganzen wird. Eine Zeichnung ist eine ewig unvollendete Reise in Richtung auf ein Ganzes …

In Ordnung, antworte ich, doch ein Photo aufzunehmen, das ist doch das Gegenteil. Man spürt den Augenblick eines Ganzen, wenn er kommt, ohne überhaupt zu wissen, worin alle Teile bestehen! Die Frage, die ich stellen möchte, lautet: Erwächst dieses »Gespür« aus einer Überwachheit all Ihrer Sinne, aus einer Art von sechstem Sinn –

Das dritte Auge! wirft er ein.

– oder ist es eine Botschaft, die von dem ausgeht, was Sie vor sich haben?

Er gluckst – wie es im Märchen die Hasen tun – und springt davon, um nach etwas zu suchen. Er kehrt mit einem Zettel in der Hand zurück.

Hier ist meine Antwort – von Einstein.

Das Zitat ist in seiner eigenen Handschrift festgehalten. Ich lese die Worte. Sie stammen aus einem Brief von Einstein an die Frau des Physikers Max Born im Oktober '44. »Ich fühle mich auf eine Weise solidarisch mit allem Lebenden, daß es mir nicht wichtig scheint zu wissen, wo das Individuum endet oder beginnt …«

Das ist eine Antwort! sage ich. Doch ich denke über etwas anderes nach. Ich denke nach über seine Handschrift. Sie ist groß, leicht zu lesen, offen, gerundet, zusammenhängend und hat etwas Überraschendes.

Wenn man durch den Sucher blickt, sagt er, was immer man sieht, man sieht es nackt.

Seine Handschrift hat etwas Überraschendes, weil sie mütterlich ist – sie könnte gar nicht mütterlicher sein. Irgendwo ist dieser virile Mann, der ein Jäger war, der Mitbegründer der angesehensten Photoagentur der Welt war, der dreimal aus einem Kriegsgefangenenlager in Deutschland entkam, der ein einzelgängerischer Anarchist und Buddhist ist, irgendwo ist das Herz dieses Mannes das einer Mutter.

Überprüfe das an seinen Photos, sage ich zu mir selbst. Überprüfe das anhand der Männer mit Bowler, anhand der Schlachthausarbeiter, der Liebenden, der Betrunkenen, der Flüchtlinge, der Huren, der Richter, der Ausflügler beim Picknick, der Tiere und der Kinder auf jedem Kontinent, vor allem der Kinder.

Nur eine Mutter kann so unsentimental sein und so illusionslos lieben – das ist meine Schlußfolgerung. Vielleicht kommt sein Instinkt für den entscheidenden Augenblick, wie der Instinkt einer Mutter für ihre Sprößlinge, aus dem Bauch und ist unmittelbar. Und wer weiß schon wirklich, ob das Instinkt ist oder Botschaft?

Das Herz, sei es mütterlich oder sonstwie, erklärt natürlich nicht alles. Da ist auch noch die Disziplin, das beständige Training des Auges. Er zeigt mir ein Gemälde von seinem Lieblingsonkel Louis, einem Kunstmaler, der während des Ersten Weltkriegs in Flandern umgekommen ist, im Alter von fünfundzwanzig Jahren. Wir nehmen uns weitere Zeichnungen vor, von seinem Vater und seinem Großvater. Topographische Landschaften von Orten, an denen sie sich aufgehalten haben. Eine Familientradition, von Generation zu Generation weitergegeben – die äußerst genaue Beobachtung von Ästen und das geduldige Zeichnen von Blättern. Wie Stickerei, jedoch mit männlichem Bleistift.

Als Henri neunzehn Jahre alt war, entschloß er sich zu einem Studium bei André Lhote, einem Meister des Kubismus. Dort lernte er alles, was Winkel angeht und Wände und wie sich Gegenstände neigen.

Bei ein paar von Ihren Zeichnungen, so sage ich zu ihm, bei ein paar Ihrer Stilleben und Pariser Straßenszenen muß ich an Alberto Giacometti denken. Es ist nicht so sehr ein Einfluß, sondern eher, als hätten Sie beide etwas miteinander gemein. Gemeinsam ist Ihnen beiden bei Ihren Zeichnungen eine bestimmte Art, sich zwischen einen Tisch und einen Sessel zu drängen, oder zwischen eine Wand und ein Auto. Natürlich tun Sie das nicht physisch. Es ist Ihr Gesichtssinn, der hindurchschlüpft auf die andere Seite, auf die Rückseite –

Alberto! unterbricht er. Trotz der ganzen Hölle dieses Lebens wird einem bei einem Mann wie ihm klar, daß es sich lohnt, am Leben zu sein. Ja, wir schlüpfen hindurch …

Er hat seine Kamera hochgenommen und schaut wieder auf das, was um mich herum ist. Diesmal klickt er.

Durchschlüpfen, sagt er. Koinzidenzen wahrnehmen, die hören ja niemals auf. Vielleicht verdanken wir es ihnen, wenn wir einen Blick auf eine Ordnung erhaschen, die allem zugrunde liegt … Die Welt ist heutzutage unerträglich geworden, schlimmer als das neunzehnte Jahrhundert. Das neunzehnte Jahrhundert ist etwa 1955 zu Ende gegangen, meine ich. Vorher, da gab es noch Hoffnung …

Er ist wieder davongehüpft, bis zum Ende des Feldes.

Wie schauen zusammen ein Photo an, das er unlängst von Abbé Pierre gemacht hat. Es ist ein Bild, das das Mitempfinden, den Zorn und die Frömmigkeit dieses bemerkenswerten Mannes zeigt, der sich für die Obdachlosen einsetzt und die beliebteste öffentliche Gestalt Frankreichs ist. Der Photograph und der Priester müssen etwa im selben Alter sein. Das Bildnis eines unermüdlichen alten Mannes, aufgenommen von einem ebensolchen. Und wenn die Mutter des Abbé ihren Pierre heute sehen könnte, dann würde sie, glaube ich, ihn so sehen, wie er in diesem Augenblick auf diesem Photo ist.

Schließlich sage ich, daß ich gehen muß.

Die Leute fragen mich nach meinen neuen Projekten, sagt er und lächelt dabei. Was soll ich ihnen sagen? Miteinander Liebe machen heute abend. Eine weitere Zeichnung anfertigen heute nachmittag. Sich überraschen lassen!

Ich nehme den Fahrstuhl hinunter von der Wohnung im fünften Stock, und ich denke, vielleicht fertigt er eine weitere Zeichnung an.

In der Metro finde ich einen Sitzplatz in einem Waggon, der mehr als halbvoll ist. Im Hinterteil des Waggons hält ein etwa vierzigjähriger Mann eine kurze Ansprache über seine behinderte Frau, die er an der Hand hält und die ihm mit geschlossenen Augen folgt. Sie sind aus ihrer Wohnung vertrieben worden, sagt er, und sie laufen Gefahr, voneinander getrennt zu werden, wenn sie sich an irgendein Amt wenden.

Sie wissen ja nicht, so erzählt der Mann dem Waggon, wie es ist, wenn man eine behinderte Frau liebt, ich liebe sie die meiste Zeit, ich liebe sie mindestens so sehr, wie Sie Ihre Frau oder Ihren Mann lieben.

Ein paar Fahrgäste geben ihm Geld. Zu jedem sagt der Mann: Merci pour votre sensibilité.

Während dieser Szene blickte ich in einem bestimmten Moment plötzlich zur Tür in der Erwartung, ihn mit seiner Leica dort zu sehen. Es geschah aus dem Augenblick heraus und ohne Überlegung.

Photographie, so schrieb er einst in seiner mütterlichen

Handschrift, ist ein spontaner Impuls, der aus unablässigem Schauen erwächst und der den Augenblick und seine Ewigkeit festhält.

12
Papierbögen, im Gras ausgebreitet

Viele Monate später hat Marisa Camino mir einen Abzug des Photos geschickt, das unter dem Pflaumenbaum aufgenommen wurde. Unsere Spuren bleiben, doch sind sie weitaus weniger substantiell als die des Baums, und sie sind doppeldeutig: Es wäre für einen Dritten schwer zu entscheiden, ob wir fortgingen oder zurückkehrten, im Begriffe waren zu erscheinen oder zu verschwinden, ob wir lebendig waren oder Gespenster. Zusammen mit dem Photo kamen ein Brief und eine Telephonnummer.

Und so ergab es sich, daß ich im nächsten Sommer vor einem kleinen Haus in Galicien, etwa zwanzig Kilometer vom Meer entfernt, im Gras sitzen sollte. Marisas Leichtmetallrennrad lehnte neben der Eingangstür an der Hauswand. Die Küche war gerade so groß, daß wir zu viert um einen Tisch sitzen und Muscheln zu Abend essen konnten, die sie gekocht hatte.

An die Küche schloß sich ein enger Gang an, wo sie des Nachts das Fahrrad unterstellte und einige ihrer größeren Gemälde aufbewahrte. Alle Zimmerdecken des Hauses waren mit festgehefteten, milchig transparenten Plastikbahnen abgehängt, damit der von Holzwürmern verursachte Staub, der ständig von den angenagten Bodenbrettern und Balken rieselte – das Haus war vermutlich ein Jahrhundert alt –, nicht auf die Papiere oder ins Essen oder in die Haare fiel.

Während wir im Gras saßen, hörten wir die Hühner eines Nachbarn und ein paar Tauben in einem Taubenschlag. Es gab keine Wolken, die Augustsonne ging ganz langsam im Westen unter, und das Licht war diffus und unermeßlich – als würde es vom gesamten Atlantik widergespiegelt. Sie nahm Zeichnungen aus einer Mappe, die sie aus dem oberen Stockwerk geholt hatte. Das Haus hatte vier Zimmer, wenn man das Badezimmer mitzählte. Die Zeichnungen waren wie gefaltete Kleidungsstücke in Seidenpapier gehüllt. Sie nahm sie mit großer Sorgfalt eine nach der anderen aus ihrer Umhüllung und legte sie ins Gras. Ich bezahle 12 000 Pesetas im Monat für das Haus, hatte sie gesagt.

Es gibt Zeichnungen, die erkundende Studien sind, und andere, die Skizzen für geplante Meisterwerke sind. Es gibt sehr viele Arten von Zeichnungen. Die, die jetzt im Gras lagen, waren geschrieben, wie Briefe.

Die bemerkenswerteste Sammlung von Zeichnungen dieser Art – wie Briefe geschriebene Zeichnungen – findet sich im Kunstmuseum in Bern, und sie wurden von Paul Klee in den Jahren zwischen 1927 und 1940 verfertigt. (Die Jahre meiner Kindheit; 1940, in seinem Todesjahr, habe ich zum erstenmal die Reproduktion eines Gemäldes von Klee gesehen.) Sie sprechen, diese Bleistiftzeichnungen von Klee, und zwar unter anderem vom Aufstieg des Faschismus, von Klees Liebe, seiner Gesundheit und seinem vorhergesagten Tod. Sie sind wie Briefe, weil du das Gefühl hast, daß sie gezeichnet wurden, ohne daß der Zeichner je aufgeblickt hat, und daß der Vertraute, an den sie gerichtet sind, in dem Papier selbst haust.

Hinter der Küche befindet sich eine Art dunkler Anbau – vielleicht wurden dort ursprünglich Hühner des Nachts eingeschlossen –, und dort fertigt sie ihr Papier. Sie macht es aus Stroh, das sie in Wasser einweicht, gären läßt und dann auspreßt. Das Papier ist kamelfarben (sie sagt »kaninchenfarben«)

und voller Fasern, wie Brot. Sie benutzt dieses Papier nicht nur zuweilen zum Zeichnen, sondern macht auch Umschläge daraus. Das Photo, das sie mir schickte, kam in einem dieser Umschläge.

Die meisten Zeichnungen von Klee bezogen sich auf geistige Vorstellungen – Vorstellungen, die sich nur mit Bleistiftlinien definieren ließen, denn sie kamen aus der rechten Hemisphäre des Gehirns. Obwohl er Pflanzen, Vögel, Tiere zeichnete, war er nicht direkt mit der Natur vertraut. Er entdeckte die Natur vermittels der Vorgänge im menschlichen Hirn. Die geistigen Vorstellungen bahnten sich einen Weg durch das Blei seines Stiftes auf das Papier, und er verfolgte sie stromaufwärts zurück bis in die Windungen und Gänge des Gehirns, und in diesen Netzwerken kam er den Formen und Rhythmen der Natur nahe, sehr nahe. Doch seine Zeichnungen sprechen vom Denken. Die hier im Gras sprechen vom Fühlen.

Wenn sie zeichnet, denkt sie vielleicht überhaupt nicht. Auch sie verfolgt ihren Weg stromaufwärts, jedoch nicht zu einem Hirn, sondern vielmehr zum Präkambrium, dem Zeitalter der ersten Mollusken (wie die Muscheln, die wir zu Abend essen werden). Sie lernt etwas über ihre eigene Natur von den Quallen, Seesternen, Kraken, Napfschnecken, Bauchfüßlern, die zu neun Zehnteln während der Periode zugegen gewesen sind, in der es auf unserem Planeten Leben gegeben hat. Sie lernt auch von Sandhüpfern und Seepferdchen.

Als ich sie kennenlernte, dachte ich an die Mustelidae und *belettes.* Erinnern Sie sich? Ich habe mich getäuscht. Ihre Zeichnungen gehen weiter zurück.

Mein gelber Lieferwagen, hatte sie mir zuvor erzählt, ist in Flammen aufgegangen, als ich auf einer nassen Straße ins Schleudern geriet und gegen eine Mauer prallte. Keiner hat angehalten. Ich mußte meine Sachen selber in Sicherheit bringen. Meine Zeichnungen habe ich noch rausgeholt. Nur ein paar Blätter waren an den Rändern verkohlt. Jetzt habe ich einen Volkswagen. Und sie grinste.

Im oberen Stockwerk ist ein Raum, den sie als Atelier für ihre Arbeit als Restaurateurin benutzt. Im Moment repariert sie die zerbrochenen hölzernen Voluten eines goldenen Altars und eine bemalte Madonnenstatue aus dem siebzehnten Jahrhundert. Ihre Arbeit ist äußerst genau und – wie bei allen guten Restaurateuren – nahezu unsichtbar, als hätte sie den restaurierten Gegenstand überhaupt nicht berührt.

Es gibt eine Zeichnung, nicht von ihr, sondern von Klee, die »Feiger Hund« heißt. Sie zeigt einen Hund, der sich vor einem storchenartigen Vogel zusammenkrümmt. Die Feigheit des Tieres drückt sich vor allem in dem Gekritzel aus, das die Konturen seines Körpers verwischt. Bei Klee ging jede Empfindung durch die zeichnende Hand. Bei der Verfertigung ihrer Zeichnungen ist allem Anschein nach keine Hand im Spiel.

Oftmals sind sie in Farbe und mit einem Pinsel gemacht. Manchmal sind Fetzen von anderen Dingen – Blätter, Federn, Tuch, verschiedene Papierschnitzel – auf die Zeichnung geklebt. Doch niemals spürst du die gestaltende Hand. Nur den Appetit der dargestellten Pflanze oder Kreatur. Eine Krabbe frißt. Eine Spore keimt. Ein Kalkröhrenwurm zieht Kalziumkarbonat aus dem Meerwasser. Eine Flechte beschützt und verzehrt zugleich ihre Algen. Das sind die Fakten, die ich später nachschlage.

Im Moment sitze ich im Gras und schaue die Papierbögen an. Die Sonne geht unter, und der plötzliche Temperaturwechsel über dem Land, nicht aber über dem Ozean, ruft eine leichte Brise hervor. Ein Grashalm wird auf eine der Zeichnungen geweht. Winzige Fruchtfliegen lassen sich auf einer anderen nieder. Ein Blattfetzen, durchscheinend wie Pergament, wird von einem nahen Maisfeld auf einen anderen Zeichenbogen getragen. Sähe ich nicht, wie diese Dinge auf das Papier geweht werden, ich würde sie für gemalte Zeichen halten. Ich bin mir gar nicht mehr so sicher, wo die Grenze zwischen Kunst und Natur, Werden und Ursprung zu ziehen ist. Das ist das Geheimnis, das mich noch schauen läßt, selbst als das Licht abgenommen hat und die Hühner still geworden sind.

Marisa Camino kommt aus dem Haus, um zu sagen, daß das Abendessen fertig ist.

Sobald ich die Kirche in La Coruña fertig habe, sagt sie, fahre ich nach Stromboli. Nichts gibt es auf der Insel Stomboli – haben Sie den Film gesehen? –, nicht einmal ein Hotel, nichts als den Vulkan, und ich möchte viele Male hineinschauen.

13
Psalm 139
»Ich sitze oder stehe auf, so weißt du es …«

14
Straßentheater

Ich hatte Barcelona seit vielen Jahren nicht mehr besucht. Es war Ende März, und auf unbebauten Grundstücken in den Außenbezirken der Stadt blühte der erste rote Mohn. Der Sommer kam näher. Die Sonne stand schon so hoch am Himmel, daß sie in die Gassen drang, die nicht breiter sind, als ein Maultier lang ist, und zwischen den fünfstöckigen Gebäuden verlaufen, die den Bezirk um die Basilika Santa Maria del Mar bilden, im Zentrum der Altstadt, ein wenig weg vom Ufer landeinwärts gelegen.

Einige der Gebäude hier waren einmal Paläste; sie alle haben dicke Mauern und Treppen mit ausgetretenen Steinstufen. Wie Haar auf dem Fußboden eines Friseurladens liegt auf dem Boden um sie verstreut der Abfall des täglichen Lebens. Die alten Einfahrten sind mit schweren Metalltoren versperrt, die immer wieder von Graffiti-Malern signiert wurden.

Alte Frauen in Pantoffeln kommen auf die Straße herunter, um zu schwätzen und drei oder vier Zwiebeln zu kaufen. Die im mittleren Alter streiten lauter und tragen tagsüber häufig Jogginganzüge. Die jungen in Miniröcken wedeln mit den Handgelenken, lassen die Finger spielen und beanspruchen ihr unveräußerliches Recht, zu verachten und zu verschmähen. Am Nachmittag sind wenige Männer da, nur gelegentlich der eine oder andere in einer Bar oder ein älterer

Ehemann, der Arm in Arm mit seiner Frau zu einer Bank in der Sonne geht. Die eigentlichen Männer kommen später. Eine Taube schläft auf einem Fensterbrett, den Schnabel Richtung Schwanz, den Kopf auf der Brust.

In jeder Straße hängt von den oberen Fenstern unter dem blauen Himmel Wäsche herab. Lehn dich über das eiserne Geländer des winzigen Balkons und nimm ab, was schon trocken ist. Wenn die Nachbarin auf der anderen Seite deiner Straße ein Hemd gewaschen hat, könnte der Ärmel des Hemds, ausgestreckt, leicht deinen Kissenbezug berühren. Ich schlendere den Carrer de Jaume Giralt entlang, wobei ich mich an vieles erinnere und besonders an ihre Stimme, die von Barcelona erzählte.

Wenn der Sommer kommt, an den Tagen, wenn das Feuer vom Himmel fällt – El Cae Fuego –, dann ist, liegst du auf dem Bett, noch das leichteste Laken hier unerträglich heiß. In der Hitze der Hundstage wird alles monolithisch, verklebt miteinander – die Mauern, das Metall, die Luft in den Räumen, die eisernen Geländer, der Tisch mit der Wäsche darauf, die Tauben, selbst das Wasser in den Leitungen. Die einzige Möglichkeit, die Hitze zu vergessen – für die, die das können –, ist der Liebesakt! Ansonsten ist es das beste, die Luft mit einem Fächer ein wenig zu bewegen: Die Luft wird dir die Ohren kühlen.

In den Tagen von El Cae Fuego sind die Straßen voller Träume, als wäre man auf einer kleinen Insel irgendwo anders. Du denkst an deine Lieben, die das Glück haben, in weiter Ferne von diesem erstickenden Hafen zu sein: Eduardo, der Elektrotechnik studiert, José, der in den Bergen ist, Isabel, die in Paris arbeitet. Wo immer sie auch sind, sie können atmen, ohne darüber nachzudenken. Dann überraschst du dich dabei, wie du auf die Uhr siehst, als wäre sie ein Thermometer! Nach Mitternacht läßt das Fieber immer ein paar Grad nach.

Ich bin beim Carrer Ferran angelangt und biege nach links in Richtung Las Ramblas ab. An den Bäumen haben sich die ersten kleinen grünen Blätter entfaltet. Es sind Platanen, die die weite offene Promenade säumen. Sie führt von der Plaza Catalunya zur Kolumbussäule, die auf das Meer hinausschaut.

Von weitem fällt mir in der Mitte der Esplanade etwas Ungewöhnliches auf. Ein Mann, der auf einer Trittleiter steht? Jedenfalls überragt dort etwas oder jemand um einen oder zwei Köpfe all jene, die eilig oder flanierend vom Meer kommen oder dorthin gehen.

Als ich näher komme, entdecke ich, daß das ungewöhnlich hohe Ding eine Vogelscheuche ist, die man auf eine umgedrehte Kiste aufgepflanzt hat. Die Vogelscheuche – *el espantapájaros* – schaut in die andere Richtung, und so sehe ich nur eine Decke, die wie ein Poncho von einem waagerechten Stock herabhängt, der die Schultern darstellt, einen Kopf mit langem Strohhaar und einen Hut. Auf dem Hut hockt eine Taube. Die Taube irritiert mich, weil sie so ruhig ist. Vögel, wenn sie nicht in der Luft sind, sage ich mir, haben eine Fähigkeit, sich nicht zu rühren, die sie eher Reptilien ähnlich macht.

Seltsamerweise frage ich mich nicht, was wohl eine Vogelscheuche auf Las Ramblas zu tun hat. An einem anderen Tag könntest du Jakob hier in seinem Traum begegnen – warum nicht? – oder dem heiligen Eremiten Hieronymus im Gebet. Wahrscheinlich gehört die Vogelscheuche, so sage ich mir, zu einem Reklamegag für irgendeinen amerikanischen Fastfood-Laden.

Jetzt bin ich dicht genug dran, um zu sehen, daß die Taube nicht lebendig ist. Es ist ein ausgestopfter Vogel, der auf dem Hut der Vogelscheuche hockt. Ich bemerke außerdem, daß die Beine unter der wie ein Poncho herabhängenden Decke Bluejeans und die Füße ein Paar Turnschuhe sind. Da sie sich so gar nicht rühren, frage ich mich jetzt, ob sie überhaupt lebendig sind.

Ich gehe zur Vorderseite und schaue zum Gesicht hinauf. Ich sehe einen Mann mit einer Brille und einer Strohperükke. Vielleicht ein Student in seinem letzten Jahr? Seine Augen starren unbewegt geradeaus. Keine Wimper, kein Nerv bebt. Die Arme sind vor seiner Brust gekreuzt wie die eines Leichnams im Sarg.

Wann habe ich das letzte Mal in einen Sarg geschaut? Vor elf Monaten. Schon elf Monate …

Der Mann ist nicht blaß, er ist braungebrannt, und die Falten auf seinem Gesicht sind sichtbarer, als es die Leichenbestatter auf den Gesichtern der Toten normalerweise zulassen. Seine Augen sind geöffnet, und er starrt über die ganze Länge von Las Ramblas hinweg Richtung Meer.

Bei einer Totenwache an einem offenen Sarg hast du oft den Eindruck, daß sich der Mund des Verstorbenen bewegt. Der Eindruck erweckt keine Hoffnung, er ist lediglich eine Erinnerung daran, daß der Dahingegangene noch nicht sehr weit fort ist. Bei ihr waren es die Augenlider.

Ich stehe da und sehe *el espantapájaros* an, und die Minuten vergehen. Fünf, zehn… Kein Muskel regt sich. Ein Windhauch vom Meer bewegt ein paar der langen Strohhaare an der linken Schulter. Weiß er, daß ich ihn schon so lange beobachte? frage ich mich. Sie wußte es nicht, Gott sei Dank. Sie war noch sehr nah, doch sie wußte es nicht.

Ein kleiner Junge kommt, gefolgt von seiner Mutter, die Esplanade herab auf uns zugelaufen. Vor die umgedrehte Kiste hat die Vogelscheuche eine rote Plastikschüssel mit ein paar Münzen auf das Pflaster gestellt. Der Junge bleibt stehen und läßt ein 100-Peseten-Stück in die Schüssel fallen. *El espantapájaros* hebt langsam die linke Hand als Zeichen der Anerkennung, senkt den Kopf um ein paar Grad und lächelt den Jungen an. Die Feierlichkeit der Geste erinnert mich an bestimmte gemalte Auferstehungsszenen, auf denen die vier Soldaten am Grabe schlafen und Christus, die linke Hand zum Segen erhoben, sich aufrichtet.

Jetzt stellt er sich wieder tot. Die Minuten, in denen das Stillhalten am schwersten zu ertragen ist, so denke ich, müssen die Minuten sein – wie diese jetzt –, nachdem er sich gerade bewegt hat.

Ich würde so gern, sagte sie, zu einer der Inseln fahren, und sie tat es nie, und sie starb in einer anderen Stadt, und ihre Asche wurde hierher zurückgebracht.

15
Blumenstrauß in einem Glas

Ich sagte, er würde nicht sterben. Er wußte es besser. Als ich sagte, er würde nicht sterben, sah er mich an, wie er das oftmals tat: als wäre an mir etwas Geheimnisvolles, und als wäre ich zugleich ein dummer Tor.

Marcel war etwa achtzig. Sein Leben war schwer und vielleicht zu etwa einem Drittel glücklich gewesen. Er verbrachte jedes Jahr vier Monate mit seinen Kühen auf der Alm. Ein Drittel seines Lebens in 1700 Metern Höhe. Umgeben vom Gestein der Berge hat er eine Art von Frieden gekannt. Was ich törichterweise Glück nenne.

In den Bergen hatte er zwei Hunde, etwa vierzig Kühe und einen Bullen. Er mochte es, wenn Freunde ihn besuchen kamen, und er fragte sie nach Neuigkeiten von unten, vom Leben im Dorf. Er fragte sie so, wie man sich bei jemandem nach der letzten Episode einer Fernsehserie erkundigt.

Sein eigenes Leben war dort oben – indem er Käse machte und dem unablässigen Verfließen von Tagen, Nächten, Witterungen, Jahreszeiten, die an dem Felsvorsprung, wo seine Hütte war, vorübergingen, eine präzise, wenn auch zerbrechliche Ordnung auferlegte. Ein Felsvorsprung, nahe den Feuerbällen des Blitzes, und von dem aus er auf einen Regenbogen hinabsehen konnte – wie man auf den Bogen einer Brücke hinabsieht, die man überquert.

Dort oben stellt sich nach einer Weile die Frage nach der Einsamkeit nicht mehr – weil man nackt ist. Nackt wird man sich einer anderen Art von Geselligkeit bewußt. Ich weiß nicht, warum das so ist. Doch es ist eine Tatsache. Natürlich war Marcel nicht körperlich nackt. Im Gegenteil, er zog sich nicht einmal aus, wenn er zu Bett ging. Gleichwohl wird nach ein oder zwei Wochen auf der Alm die Seele nackt, sie zieht ihre Jacke aus – und man ist nicht mehr allein. Das haben mir seine Augen erzählt.

Ungeachtet der Seele gab es die ständige Angst, ein Tier aus den Augen zu verlieren. Seine Hunde kannten zwar den Namen jeder Kuh, aber dennoch kann eine Kuh sich leicht verirren oder ein Bein brechen. Die Gesetze der Wahrscheinlichkeit sind andere dort oben. Manchmal sehen die Kiefern so aus, als wären sie eben erst auf einer Wanderung stehengeblieben. Es gibt Nächte, in denen die Milchstraße so nah wie ein Moskitonetz erscheint. Und es gab Augustmorgen, an denen die Griffe der metallenen Schubkarre, mit der er die Scheiße aus dem Melkstall transportierte, von Rauhreif überzogen waren.

Marcels Hände waren abgearbeitet, rissig, hatten geschwollene Gelenke und waren sehr warm. Schwielig und zugleich sehr empfindlich. Sie waren wie bestimmte alte Wörter, die heute außer Gebrauch geraten.

Ich sah ihn zum letzten Mal, als ich ihn nach Hause fuhr, nachdem wir zusammen Silvester verbracht hatten. Er wartete schon auf den nächsten Juni, um seine Kühe wieder auf die Alm hinaufzubringen. Ich sagte ihm, es werde schon so kommen. Und er sah mich skeptisch an, wie man eine Felswand ansieht, die ein Echo zurückwirft. Dann schüttelte er den Kopf.

Im letzten Juni war ich auf Marcels Berg. Es gab dort keine weidenden Kühe, keine Glocken, keine Hunde, aber viele wilde Blumen. Absichtslos begann ich, einen Strauß zu pflücken. In dieser Höhe sind die Farben der Blumen lebhafter als die derselben Blumen im Flachland. Um den nächsten Gipfel sah ich Dohlen fliegen. Gen Westen zählte ich zwanzig Fallschirmflieger am Himmel. Die aufsteigenden Luftströmungen tragen sie weit höher hinauf als bis zu dem Felsvorsprung, von dem sie springen, und die Stelle ist bei Gleitschirmfliegern neuerdings äußerst beliebt.

Ich stieß die Tür der leeren Hütte auf. Zwei Kammern – keine größer als ein Eisenbahnabteil. Einem Impuls folgend, steckte ich die Blumen, die ich in meiner Faust hielt, in ein Glas, füllte es mit Wasser und stellte sie auf den Tisch, wo ich am Ende des Tages Kaffee zu trinken pflegte, während Marcel eine Schale Milch trank. Jetzt, da er nicht mehr war, wollte ich mich nicht auf die Bank setzen. Also stand ich da, stand da, bis ich in der Stille zu den Kuhglocken der Herde in meinem Kopf seine Stimme brüllen und fluchen hörte.

16
Zwei liegende Gestalten, auf einem asiatischen Gehsteig miteinander ringend

Er hat Seite an Seite mit Guerillas in den Bergen mindestens zweier Kontinente gekämpft. Er ist auch ein ausgezeichneter Koch. Er verbringt gern einen ganzen Tag damit, ein Abendessen für Freunde zuzubereiten. Er heißt Mohammed Brahim. Eines Tages, als er und ich Gemüse für ein Currygericht putzten, erzählte er mir eine Geschichte.

Die Geschichte begann 1947. Mohammed war dreizehn Jahre alt. Er war gerade in den Stimmbruch gekommen. Manchmal sprach er so rauh wie ein Mann, dann wiederum sprach er in knabenhaftem Falsett. Er hatte keine Kontrolle darüber. Doch hatte er schon die Entschlossenheit eines Mannes, er begegnete schon wie ein Mann der Gefahr. Ich stelle mir vor, daß das Wissen um die Gefahr in seinen Augen war, doch damals kannte ich ihn noch nicht.

Als Indien unabhängig wurde, kam es zu einer Teilung des Landes. Zwölf Millionen Menschen waren auf den Straßen unterwegs; auf der Suche nach Sicherheit strebten sie in beide Richtungen. Mohammeds Familie hatte über Generationen als Moslems in Indien gelebt, doch jetzt beschloß sein älterer Bruder, die Familie in das neugegründete Pakistan zu bringen.

Die Mutter der Brüder weigerte sich fortzugehen. Nur Mütter, die Witwen sind, können so unbeweglich werden wie sie. Der Rest der Familie nahm den Zug nach Lahore. In

Delhi erfuhren sie, daß der Zug nicht weiterfahren würde: die Bürgerkriegskämpfe waren zu gefährlich. Alle wurden in einem Flüchtlingslager untergebracht. Mohammeds Bruder, der ein höherer Beamter war, schickte ein Telegramm, damit ein Flugzeug käme, um sie in Sicherheit zu bringen. Ein weinerlicher Mann, der um Opium bettelte, erregte Mohammeds Aufmerksamkeit. Elend, das das Elend anbettelt, dachte er. Ein paar der Jüngeren stießen den Mann beiseite. Ay! Charsi! spotteten sie. Ay! Charsi! Opiumesser, der in einer Rauchwolke lebt!

Schließlich traf das Flugzeug aus Pakistan ein. Es war eine Fokker, die früher der Royal Air Force gehört hatte. Auf dem Flugplatz waren die beiden Brüder die letzten, die einstiegen. Alle Plätze waren schon besetzt.

Sie können bei mir im Cockpit mitfliegen, rief der Pilot dem Bruder zu.

Nein, wir sind zu zweit, Mohammed ist auch noch da.

Wollen Sie, daß ich jemanden auffordere auszusteigen, Sir?

Nein, nehmen Sie Mohammed mit.

In dem Moment rebellierte der Dreizehnjährige.

Er lief vom Flugzeug weg über die Rollbahn.

Flieg du, rief er, flieg! Ich gehe zu Fuß.

Vielleicht wollte sein Bruder bei seiner Frau und seinen kleinen Kindern bleiben, vielleicht wußte er, wie hartnäkkig und starrsinnig Mohammed sein konnte, jedenfalls kletterte er ins Flugzeug hinauf, er blieb in der noch offenen Tür stehen und sagte: In Ordnung, aber nimm das hier. Worauf er ihm ein einläufiges 22er Jagdgewehr, einen Munitionsgürtel und einen 100-Rupien-Schein hinabreichte. Bleib hier und warte auf das nächste Flugzeug, setzte er hinzu. Schließlich hob die Fokker ab.

Mohammed ging in ein Restaurant und bestellte mit seiner rauhen Stimme eine aufwendige Mahlzeit. Die Rechnung belief sich auf 10 Rupien. Dann ging er in Richtung des Moslemviertels von Delhi. Er sah an den Minaretten, in welche Richtung er gehen mußte. Er nahm die breiten Straßen. Die Moslems in der Stadt wurden getötet, doch mit dem Gewehr auf dem Rücken fühlte er sich zuversichtlich.

Am folgenden Tag schloß er sich einer ungeheuren Marschkolonne von Flüchtlingen an, die die vielen hundert Kilometer nach Lahore zu Fuß zurücklegen wollten. Am selben Nachmittag, als die Schatten lang wurden, zeigte ein stattlicher Kaufmann mittleren Alters, der hinter Mohammed ging, auf ihn und sagte zu seinem Nebenmann, daß ein Junge in dem Alter kein Gewehr haben dürfe. Laß ihn wenigstens Gewehrträger sein, sagte der Nebenmann, auf die Weise haben wir weniger zu tragen.

Die Marschkolonne schlängelte sich langsam durch das flache Land. Das Tempo wurde von den Ältesten und Gebrechlichsten angegeben, denn wären sie zurückgeblieben, hätten sie keinerlei Überlebenshoffnung gehabt.

Am dritten Tag wurde die Marschkolonne angegriffen. Mohammed gehörte zu den ersten, die die bewaffneten Männer über die bewässerten Felder auf sich zukommen sahen. Er ließ sich zu Boden fallen, er nahm sich Zeit, er erinnerte sich gelassen an die Hirschjagden auf dem Grundbesitz der Familie, und er streckte vier der Marodeure nieder. Danach hatte er das Recht, nicht nur sein Gewehr zu tragen, sondern auch damit zu schießen. Er wurde zu einem der Wachtposten und Scharfschützen der Marschkolonne.

Während er die Marschkolonne nach vorn und nach hinten abschritt, sah er den Opiumesser, der, von jedwedem Opiumnachschub abgeschnitten, allmählich immer aufrechter ging. Er bemerkte auch einige junge Frauen und stellte sich vor, wie ihre Brüste seine Wange streichelten. Besonders eine konnte er nicht vergessen. Sie trug ein Kleid, das mit weißen Blumen gemustert war, klein wie Sterne. Wenn die

Marschkolonne haltmachte, blieb er in ihrer Nähe, doch er war zu schüchtern, sie anzusprechen.

Eines Mittags sah er während einer Essenspause, wie diese Frau in den Mangohain neben der Straße ging. Ein Mann folgte ihr. Mohammed blieb dem Mann auf den Fersen, wobei er sich sorgsam verbarg. Als nächstes sah er, wie der Mann die Ghagra der Frau anhob, sie ihr über den Kopf zog, und wie sie sich wehrte, um ihn fortzustoßen. Als er das sah, hob er sofort und ohne Überlegung das Gewehr und schoß.

Mörder! schrie die Frau. Mörder!

Der Schuß und die Schreie der Frau ließen aus allen Richtungen Männer herbeilaufen. Mohammed floh über ein Feld, bis zu einer Steinmauer, wo er nicht weiterkam. Dort drehte er sich um und stellte sich der Menge.

Wenn ihr einen Schritt näher kommt, schieße ich! Als er das sagte, ertönte seine Stimme im Falsett, und die Beine zitterten ihm wie die eines Hundes ein paar Sekunden vor dem Erdbeben.

Plötzlich stand der Opiumesser da, zwischen dem Jungen und seinen wütenden Anklägern. Er hatte keinen Stock mehr, und er stand aufrecht.

Halt! brüllte er. Halt!

Die Stimmen in der Menge wurden leiser, und der Bettler sprach ruhig und ernst. Ihr könnt doch nicht anfangen, euch hier gegenseitig umzubringen. Warum machen wir diese Reise, warum fliehen wir? Weil es keine Gerechtigkeit mehr gibt und weil die Stärkeren die Schwächeren angreifen. Der Junge muß einen Prozeß bekommen. Wenn ihr ihn für schuldig befindet, dann könnt ihr ihn bestrafen. Er wandte sich an Mohammed. Gib mir dein Gewehr. Wir können uns hier nicht aufhalten. Du marschierst als Gefangener zwischen zwei Männern.

In derselben Nacht wurde beim Licht des Feuers Gericht gehalten, und der Opiumesser wurde gebeten, Richter zu sein. Was hast du zu sagen? fragte er den Angeklagten. Noch ehe Mohammed Zeit hatte zu antworten, trat der Vater der jungen Frau ins Licht des Feuers und sagte: Meine Tochter hat zugegeben, daß der Mann, den der Junge getötet hat, sie vergewaltigen wollte. Nun also, sagte Mohammed mit seiner rauhen Stimme.

Nach ein paar Tagen fragte Mohammed den Charsi nach seinem richtigen Namen. Moosa, antwortete er, und sie wurden Freunde. Im Laufe der Zeit wurde der Opiumesser zum anerkannten Führer der Marschkolonne. Er war es, der die Marschroute festlegte, Wachen aufstellte, Streitigkeiten schlichtete und sich um Hilfe für die Kranken kümmerte. Beim Aufbruch aus Delhi hatte die Karawane 30 000 Flüchtlinge umfaßt. Jetzt waren es nur noch halb so viele. Die Cholera brach aus. Moosa organisierte die Beerdigung der Toten und sorgte, soweit möglich, für Quarantänemaßnahmen.

Wo immer Moosa vorüberkam, er bewirkte eine Art von Ermutigung. Es war eine Frage der Würde. Doch des Nachts gestand er Mohammed seine Zweifel: Es wird nicht so sein, wie wir es uns erträumen, wenn diejenigen von uns, die überleben, schließlich dort ankommen. Korrupte Politiker haben sich schon eingenistet. Sie erwarten uns – erwarten uns nicht wie Brüder, sondern als unsere Herren. Sie werden uns benutzen.

An der Grenze zwischen den jüngst geteilten Staaten hüllten sich die Frauen in ihre Tschadors. Es war nun nicht mehr gefährlich für sie, verschleiert gesehen zu werden. Mohammed betrachtete zum letzten Mal die Frau in dem Kleid mit den weißen Blumen. Er hatte niemals ein Wort an sie gerichtet.

Jetzt zählte die Marschkolonne nur noch 8000 Personen.

Heute abend, sagte Moosa zu Mohammed, nimmst du dir dein Taxi, und du fährst nach Hause. Die Reise ist für dich zu Ende.

Ein Brief von seiner Mutter erwartete ihn. »Mein Junge, in diesem Leben sind wir manchmal gezwungen, Scheiße zu essen. Wenn das passiert, dann iß, wie man es dir beigebracht hat, und wasch dir hinterher die Hände.«

Sieben Monate vergingen. Als Mohammed eines Nachts aus einem Restaurant in Lahore kam, stolperte er über eine Gestalt, die auf dem Gehsteig kauerte. Er blieb auf der Stelle stehen, und er erkannte Moosa. Er beugte sich hinab, um mit ihm zu sprechen. Der Charsi gab kein Zeichen des Erkennens. Mohammed fing an, ihn zu schütteln. Er rief seinen Namen. Moosa! Moosa! Er schüttelte ihn immer heftiger, bis er das Gleichgewicht verlor. Sie rollten zusammen über den Gehsteig. Moosa!

Überwältigt von Zorn und Kummer stand Mohammed schließlich auf, er ging nach Hause und weinte. Drei Tage lang weigerte er sich, irgend jemanden zu sehen. Dann faßte er den Entschluß, ein Revolutionär zu werden: ein Entschluß, den er seither niemals widerrufen hat …

17
Mann, ein Pferdezaumzeug hochhaltend

Im Winter trug er einen grünen Cordmantel über seinem Pullover, doch selten eine Jacke. Auf dem Kopf trug er, ob drinnen oder draußen, eine kleine schwarze Baskenmütze, diskret über die Augen gezogen wie eine Schirmmütze. Er war klein und stämmig, wie sein eigenes Arbeitspferd, eine Stute mit Namen Biche.

Biche war unsterblich, denn wenn eine Stute zu alt zum Arbeiten war, kaufte er eine junge und nannte nun sie ihrerseits Biche.

Einmal hielt er mir ein Pferdezaumzeug vor das Gesicht.

Weißt du, was das bedeutet? fragte er ruhig.

Ja, sagte ich, die Stute ist abgeholt worden.

Fünfzehn Jahre gemeinsame Arbeit, das ist eine lange Zeit, sagte er.

Er hielt immer noch das Zaumzeug hoch. Es war das einzige Mal, daß ich ihn eine theatralische Geste machen sah. Das Leder war weißverkrustet vom Salz ihres Schweißes und vom Schaum ihres Mauls.

Alles hat sein Ende, sagte er schließlich, ehe er das Zaumzeug an den Holznagel hinter der Stalltür hängte.

Als ich letzten Monat nach Paris fuhr, steckte ich ein Photo von ihm in meinen Rucksack. Um zu vermeiden, daß es geknickt würde, legte ich das Photo sorgsam zwischen die

Seiten einer Zeitschrift mit einem Artikel über postindustrielle Gesellschaften.

Auf dem Photo stehen Théophile und ich einander gegenüber, und zwar in der Küche seines Bauernhauses, die nackt und gekachelt ist wie eine Molkerei. Hat dieser Vergleich heutzutage überhaupt noch eine Bedeutung? Wer hat schon eine Molkerei gesehen?

Es ist Winter, er hat seine Baskenmütze auf, und er ist gerade dabei, ein wenig *gnôle* in ein kleines Glas auf dem Tisch zu gießen. Er hat die Flasche in der rechten Hand, und in der linken hält er den Pfropfen der Flasche zwischen Zeigefinger und Daumen.

Das war vor vielen, vor mehr als fünfzehn Jahren: mein Haar war noch nicht grau. Ich habe das Photo aus einer Art von Aberglauben mitgenommen. Nein, ich habe das Photo als eine Art von Gebet mitgenommen. Ein Gebet um Erlösung für ihn. Doch Théophile war sechs Wochen auf der Intensivstation, ehe man ihn sterben ließ. Ich mißtraue heute den meisten Ärzten, denn sie lieben die Menschen nicht mehr.

Die Kirche war voll, und es gab keine Sitzplätze. Das unnötig verlängerte Leiden hatte Théophiles Tod zu einer schartigen Wunde gemacht. So empfanden es alle. Keiner von den dreihundert Menschen dort lächelte, nicht einmal, wenn man einander die Hand gab. Er hätte etwas Besseres verdient, murmelten sie.

Ihr habt euch versammelt, sagte der *Curé* zu den stehenden Dorfbewohnern, um ihm auf seiner letzten Reise das Geleit zu geben. Nichts im Leben geht verloren, fuhr der Curé fort, als die Kerzen auf dem Sargdeckel angezündet wurden.

Und plötzlich erinnerte ich mich. Damals hatten Théophile und Jeanne ein Dutzend Milchkühe, l'Abondance hieß die Rasse. Während der sechs Wintermonate blieben die

Tiere Tag und Nacht im Stall. Einmal in der Woche kämmte Théophile ihnen die Schwänze, und wenn nötig, schnitt er sie. Und das Haar bewahrte er auf, um Matratzen damit zu füllen.

Sie hatten keine Melkmaschine, und deshalb molken sie mit der Hand. Jeanne war die flinkere Melkerin. Meine allabendliche Aufgabe bestand darin, den Stall auszumisten, der Stute Wasser zu geben – wenn sie trank, hörte man das Wasser durch ihren Hals fließen, als liefe es aus einem Rohr in einen Trog –, die Schubkarre auszuspritzen, nachdem ich die Scheiße auf den Misthaufen gekippt hatte, und, wenn nötig, Säcke mit Viehfutter zu holen.

Diese wurden im *grenier* aufbewahrt: einem kleinen Holzhaus in einiger Entfernung vom Hauptgebäude, so daß im Falle eines Feuers die Vorräte erhalten blieben. Jedes Gehöft im Tal hatte einmal einen *grenier.* Sie waren so solide gebaut wie Galeonen, doch ihre dicken Türen waren so niedrig, daß man sich bücken mußte, um hindurchzugehen.

Das Innere von Théophiles *grenier* war wie seine Seele: ein gefülltes, geordnetes Depot aus Geduld, Energie und Verschlagenheit. Ich nahm den Sack auf die Schulter, und ich mußte mich immer bücken, um durch den Eingang zu kommen, ehe ich mit dem rechten Stiefel die Tür zuschob und die vereisten Stufen hinunterstieg. Einmal ließ ich die Tür offen, und Théophile trug mir streng die Liste möglicher Feinde vor: der Fuchs, die Wildkatze, das Wiesel, das Wildschwein, der Maulwurf, die Krähe, der streunende Hund, die Feldmaus, sogar die Eule. Die Tür offen zu lassen war eine Einladung an jeden von ihnen oder an alle, hineinzugehen und den Reichtum drinnen zu vernichten.

Im Stall stand an der Wand eine Holztruhe, in die ich die Säcke entleerte. Théophile oder Jeanne nahm dann mit einem Kübel das Futter aus der Truhe und gab es den Kühen, damit sie jeden Abend etwas zu kauen hatten, während sie gemolken wurden. Ich erinnere mich an das Gewicht des hölzernen Deckels und die Festigkeit, mit der er schloß. Kein Feind konnte dort hinein. Théophile hatte die Truhe selbst gemacht.

Die jungen Leute, so meinte Théophile, gingen kein Risiko mehr ein, hätten kein Gefühl für Ererbtes. Auf diese Weise zeigte er, daß er wußte, seine Söhne würden niemals das Land beackern, das er geerbt und bebaut hatte.

Ehe ich die Säcke leerte, mußte ich sie aufmachen. Sie waren aus steifem Papier und mit einer faserigen weißen Schnur verschlossen. Man brauchte ein Messer, um die Schnur zu zerschneiden. Auf einem Sims über der Truhe lag immer eine Taschenlampe – im Falle eines Stromausfalls – und ein Taschenmesser mit Holzgriff.

Man konnte die Schnur nicht an einer beliebigen Stelle zerschneiden. Es gab nur eine Stelle, wo man sie mit dem Messer durchschneiden und dann in ihrer gesamten Länge unverheddert abspulen konnte. Wenn man anderswo schnitt, mußte man kämpfen, das Papier einreißen, Knoten lösen. Doch an der richtigen Stelle zerschnitten, war es ein Vergnügen, an der Schnur zu ziehen, als drehe man einen Kreisel. Tatsächlich löste sie sich so schnell, daß man ein Surren hören konnte.

In dem Zwielicht fand ich manchmal die richtige Stelle, manchmal auch nicht. Théophile zeigte es mir ein dutzendmal. Er sagte nichts. Er machte einfach vor meinen Augen mit dem Messer einen Schnitt und zog die Schnur ab. Eine wortlose Demonstration.

Nichts im Leben geht verloren, sagte der Curé.

Unterhalb des Simses, auf dem die Taschenlampe und das Messer aufbewahrt wurden, war ein großer Nagel in die Steinwand geschlagen. An diesen Nagel hängten wir die Schnüre, die wir von den Säcken lösten. Auf diese Weise wußte er oder Jeanne, wo eine Schnur zu finden war, wenn eine gebraucht wurde. Nichts sollte verlorengehen oder vergeudet werden. Eine Schnur, zum Beispiel, um den Schwanz einer Kuh an ihr linkes Bein zu binden, damit er dir beim Melken nicht in die Augen schlug. Eine Schnur, um eine Rebe an eine Mauer zu binden.

18
Die Insel Siphnos

Als ich sechzehn Jahre alt war, machte ein altes Straßenbahndepot in London tiefen Eindruck auf mich. Zum einen wegen der Anzahl der Straßenbahnen – es waren hundert oder mehr – und dann, weil sie so nahe beieinanderstanden, die Gleise waren dichter verlegt als sonst irgendwo draußen in den Straßen. Die Straßenbahnen standen des Nachts da, still, leer, nur eine Schulterbreite Abstand zwischen ihnen. Es waren lange Doppeldeckerwaggons mit einer steilen Wendeltreppe an beiden Enden, und die großen Fenster achtern und am Heck waren gerundet. Ehe es hell wurde, verließen die Straßenbahnen eine nach der anderen das Depot und fuhren in die entferntesten Winkel der Stadt, jede den Schienen ihrer eigenen Strecke folgend.

Unerwartet stellt sich der Anblick des Depots bei mir wieder ein, als wir im Hafen von Piräus den Pier entlangeilen, wo die großen griechischen Schiffe nach den Ägäischen Inseln Seite an Seite vertäut liegen, wobei ihre Schiffswände sich beinahe berühren.

Das Schiff, das nach Siphnos fährt, hat um die Hälfte mehr Passagiere an Bord als ursprünglich vorgesehen. Es ist ein früher Samstagmorgen in der Pfingstwoche, und es ist schon heiß. Auf dem offenen Oberdeck ist jeder Quadratmeter im Schatten der Brücke oder des Schornsteins oder der Rettungsboote oder der Belüftungsschächte bereits besetzt. Von unten weht der Geruch griechischen Kaffees herauf. Die ganze Mannschaft trägt Sonnenbrillen. Der *Meltern* weht nicht, und die See ist ruhig.

Zwei Stunden dauert es, und die Küste des Festlandes liegt hinter uns: wir beginnen, zwischen den Inseln zu kreuzen, fahren in die Kykladen ein. Die Schiffsbevölkerung ist inzwischen zur Ruhe gekommen – wie ein Huhn in seinem Korb, wenn die Reise zum Markt lang ist; schläfrig und die Federn ausgebreitet. In den Aufenthaltsräumen unten fächern Frauen sich und ihren Kindern Luft zu: sie sitzen auf Stühlen – männliche Passagiere tragen ständig Stühle von Deck zu Deck –, oder sie liegen in Gruppen auf dem Boden.

Ach, mein Kleiner! sagt eine Großmutter zu einem Schiffsoffizier in weißer Uniform, warum habt ihr uns das angetan? Sie hat den schwarzen Rock über den geschwollenen Knien hochgezogen, sie hat sich die Schuhe ausgezogen, und sie sitzt unter einem Tisch auf dem Teppich. Die Schiffsgesellschaft kann keine Kunden abweisen, sagt der Offizier, und Sie haben es doch bequem da, oder? Sehen Sie uns an, sagt sie, uns alle!, und sie zeigt auf die ausgestreckten Körper, die einander polstern, als sagten diese Körper Hunderter von Menschen schon alles und als seien weitere Worte nicht nötig für den Rest der Reise.

Die Schönheit der Inseln vom Meer aus gesehen ist sprichwörtlich und schwer zu beschreiben. Blau. Kristallen. Ätherisch. (Gegen Ende eines jeden Tages scheint der Meereshorizont emporzusteigen, um dem Himmel zu begegnen.) Am treffendsten ist vielleicht, sich daran zu erinnern, daß hier in der Ägäis die erste Theorie von der Atomisierung des Universums formuliert wurde. Sie paßt. Jedes Gebilde, das man anschaut, ist deutlich erkennbar, vereinzelt und von grenzenlosem Raum umgeben.

Auf diesen Inseln, so sagte Aischylos, gibt es nichts als Marmor und Ziegen und Könige. Am Nachmittag setzt uns das

Schiff auf Siphnos ab. Auf Siphnos gibt es auch Olivenbäume, bitteren Lorbeer, Weinstöcke, Hibiskus, Kakteen.

An einem Maultierpfad in der Nähe eines kleinen Friedhofs, wo eine weiße Kapelle steht von der Größe eines Marktkarrens, mit brennenden Kerzen darin, arbeiten drei Männer gemeinsam unter einer Akazie, und sie häuten zwei Ziegen, deren Hinterbeine an einem der unteren Zweige festgebunden sind. Ihr Hund, der das Blut riecht, winselt. Morgen ist das Pfingstfest – der fünfzigste Tag nach Ostern. In den Kirchen wird man Eukalyptuszweige austeilen, und später werden die Ziegen gegessen.

Und plötzlich, als das Licht abnimmt und ich über den Friedhof aufs Meer blicke, da frage ich mich: Was kann Fleisch hier bedeuten? *Sarka* auf griechisch. Überall auf der Welt machen sich Menschen von ihren Körpern eigene Bilder, denn diese Bilder werden von der Örtlichkeit, dem Klima und den Gefahren der natürlichen Umgebung beeinflußt. Wie die Erträge örtlichen Anbaus sind geistige Bilder des Fleisches regional. Wie sieht das ägäische Bild aus? Es hat, so meine ich, wenig mit Tauchsport zu tun.

Das Fleisch ist hier das einzig Sanfte, die einzige Substanz, die eine Liebkosung suggerieren kann; alles andere Sichtbare ist scharf oder mineralisch, zerbrochen oder knorrig. Das Fleisch ist hier wie die kleinen bloßliegenden, gemalten Teile jener Ikonen, die im übrigen gänzlich von unnachgiebigem und ziseliertem Metall bedeckt sind. (Man sieht sie in jeder Kirche.) Das Fleisch ist zugleich Wunde und Heilung. Sehen Sie uns an, sagte die alte Frau zu dem Schiffsoffizier, uns alle!

Folglich ist sich das Fleisch einer Grausamkeit bewußt, noch ehe es sich der Lust bewußt ist, denn seine eigene Existenz ist grausam. Und so neigt das Physische für jeden, nicht bloß für Philosophen und Theologen, ständig dem Metaphysischen zu. Diese Neigung bedarf keiner Worte, ein Blick genügt. Hier gibt es niemanden, der kein Experte der Sehnsucht wäre, in dem stetigen Verlangen nach einem Leben, das ein kleines bißchen weniger grausam wäre. Und eigenartigerweise geht das mit der Schönheit zusammen und ist ein Teil von ihr.

All die Skulpturen, die aus Griechenland gestohlen wurden und jetzt in fremden Museen stehen, sie sind seltsam unsinnlich, und das ist ein Grund, weshalb sie hierhergehören. Das Sinnliche in der Kunst ist so etwas wie die Feier einer Komplizenschaft, einer Kontinuität zwischen Körper und Natur. Eine solche Komplizenschaft existiert hier nicht. Das berühmte »Ideal«, nach dem die klassischen Bildhauer gestrebt haben, war in Wirklichkeit ein Trost für die Einsamkeit des Körpers. All die Skulpturen, so kommt es mir jetzt vor, waren Botschafter eines sehr beherrschten Sehnens ohne Ende.

Und früher – vor viertausend Jahren – wurden die kykladischen Skulpturen dieser Inseln auf eine Weise gearbeitet, die ihren Marmor eher wie eine sanfte, geknetete Substanz aussehen ließ, und die Figuren der Männer und Frauen, nackt in einer gleichgültigen Welt, wie Laibe von ungesäuertem Brot.

Die Nacht ist hereingebrochen, und die Zikaden haben angefangen. Zum erstenmal in diesem Jahr, erzählt uns unsere Vermieterin, sie werden nicht mehr aufhören, sie machen den ganzen Sommer weiter!

»Ich werde immer trauern«, schrieb Odysseas Elytis, der für die vielen Menschen auf dem Schiff spricht und für den Hirten auf dem Berg und die Männer unter der Akazie und für uns, die wir an einem Tisch sitzen und Wein trinken, »ich werde immer trauern – hörst Du mich? – um Dich, der Du allein im Paradies bist.«

Ein Sehnen ohne Ende.

In der Straßenbahn Nummer 23 saß ich normalerweise im Oberdeck und, wenn möglich, ganz hinten, wo ich die

Funken der elektrischen Oberleitung sprühen hören konnte. Und da träumte ich manchmal, während die Straßenbahn ihren Gleisen folgte, von Inseln, von Frauen und Sonne, vom Meer, und ich kannte noch nicht die wunderbaren Gedichte von Odysseas Elytis.

»Bis ich zuletzt spürte – und man soll mich wahnsinnig nennen – unser Paradies wird aus nichts geboren.«

19
Gemälde einer elektrischen Glühbirne

Rostia lud mich in sein Atelier ein. Es ist das erste Mal in seinem Leben, daß er ein Atelier hat. Vor ein paar Jahren noch malte er, wenn die Sonne schien, in den Grundmauern eines zerstörten Hinterhauses irgendwo im Norden der Hauptstadt. Das neue Atelier, das ihm von der Stadt Paris bewilligt wurde, befindet sich in Chatenay Malabry. Er wurde 1954 in Prag geboren.

Ich habe Rostia Anfang der achtziger Jahre kennengelernt, als er des Nachts am Boulevard St. Michel *crêpes* verkaufte. Er sprach Französisch mit einem osteuropäischen Akzent. Und er sah aus wie einer, der gerade als Wehrpflichtiger aus der Armee entlassen worden war, in der er eine beträchtliche Zeit gedient hatte. Froh darüber, frei zu sein. Auf sich gestellt. Kein Offizier, nicht einmal ein Unteroffizier. Ein wenig verloren im Zivilleben. Dabei hatte er in Wirklichkeit nie in der tschechischen noch in irgendeiner anderen Armee gedient. Doch der lange Kampf des Aufwachsens, des Überlebens, des Verweigerns, des Auswanderns war für Rostia gewesen, als hätte er in der Armee gedient. Ein Manöver nach dem anderen. Und während dieser Zeit hatte er von nichts anderem geträumt, als auf Urlaub zu sein – was für ihn hieß, malend sich auszutoben, was immer er als Malfläche in die Finger bekam.

Seine Bilder waren schäbig, ein wenig subversiv und erinnerungswürdig aufgrund ihrer Unbeholfenheit. Schäbig insofern, als sie schlecht präsentiert waren und auf irgendein Material gemalt wurden, das gerade zur Hand war. Subversiv insofern, als bei längerer Betrachtung ihrer abstrakten Farbkonfettis hier und da verborgen ein Hund oder ein grinsendes Kind dahinter zu entdecken war. Und unbeholfen insofern, als sie keine Allüre vorspiegelten, die sie nicht besaßen. Sie waren schlicht sie selbst, wie der Stiel eines Hammers, der rot bemalt ist, damit er nicht verlorengeht.

Ich mochte ihre hooliganartige Gesellschaft und auch die seine. Wir tranken gern Bier zusammen, wobei wir uns die Mütze in den Nacken schoben und die Beine ausstreckten, als trügen wir Arbeitskleidung. Wenn wir die richtigen Worte in der entsprechender Übersetzung finden konnten, erzählten wir einander Witze.

In jenen Tagen behandelten die Frauen Rostia nicht so gut, wie er es verdiente. Sie stellten ihn sich wie eine Art Bär auf einem Zirkusplakat vor. Und daran änderte er selbst auch nichts, denn wie viele Männer, die Jahre in der Armee verbracht haben, neigte er ein wenig zur Paranoia. Manchmal war es schwer zu erahnen, worauf er hinauswollte.

Während wir zusammen unser Bier tranken, erwähnten wir nicht ein einziges Mal Hegel oder Lukács oder Paul Klee oder Dvořák. Wir setzten vieles als selbstverständlich voraus, und ich wußte, wenn wir in einer der Bars in eine Schlägerei gerieten, dann könnte ich auf ihn zählen. Seine Bärengröße und sein unheimlich genau beobachtendes Auge würden schon helfen.

Als wir einmal, einer den Arm um die Schulter des anderen gelegt, über die Brücken nach Hause gingen, erinnerten wir uns an die holzverkleideten Einfahrten in Prag, mit Toren, so groß wie Lastwagen. Und einen Augenblick lang wurde die Seine für uns beide zur Moldau.

Als ich das Atelier in Chatenay Malabry betrat, wurde Andrea, Rostias Tochter, gerade in ihrem Kinderbett schlafen gelegt. Sie ist bald zwei Jahre alt. Rostia verkauft keine *crêpes* mehr, sondern hat eine Halbtagsarbeit in einem Architekturbüro, wo er Pläne zeichnet. Er und Laurence schlafen auf der Loggia, die sich über dem Atelierraum erhebt, und wir aßen an dem Tisch neben ihrem Bett.

Er wollte, daß ich mir seine neueren Gemälde anschaute. Er ging hinab in das Atelier und heftete die Leinwände ohne Spannrahmen eine nach der anderen an die Wand. Wenn eine größere dabei war, half Laurence ihm, und da ich von oben zuschaute, sah ich sie klein und gelenkig wie eine Fahrradakrobatin neben dem Zirkusbären balancieren.

Die Bilder hatten nichts mehr vom Hooligan. Sie waren immer noch unbeholfen, doch sie waren ihrer selbst absolut sicher. Das Thema war immer das gleiche. Metallene Lampenschirme, die mit elektrischen Glühbirnen an ihrem Kabel hingen. Doch ihr Lichtkreis bildete auf jeder Leinwand eine andere, jedoch ungeheure Landschaft. Eine Landschaft wo? Nicht mitteleuropäisch, nicht französisch, nicht keltisch. Schlicht ein Landstrich irgendwo auf der Erdoberfläche, erhellt von zwei, drei oder vier Birnen, die zusammen Licht gaben wie eine Familie. Je länger ich hinsah, desto sicherer wußte ich, daß sie bemerkenswert waren. Bilder darüber, wie der Winter vom Sommer träumt.

Und je länger ich hinsah, desto nachdenklicher wurde ich. Ich lese manchmal in der Zeitung, ich sei einer der einflußreichsten englischsprachigen Schriftsteller über Kunst (gewesen). Ich kannte niemanden aus dem Kunsthandel in Paris oder anderswo. Niemanden. Weder ich noch Rostia kämen über die Vorzimmersekretärin irgendeines Kunstkenners hinaus. Und sollte es uns zufällig gelingen, sollten wir tatsächlich einem Kunsthändler begegnen, würde er uns anblicken, als kämen wir aus irgendeinem Dorfzirkus. Einflußreich am Arsch! Ich wußte, daß die Leinwände, die ich betrachtete, es verdienten, gerahmt, ausgestellt, verkauft und in Häusern aufgehängt zu werden. Und doch gab es nichts, was ich für sie tun konnte.

Rostia unterbrach mich in meinen Gedanken: Was ist? Dir gefällt das dunkle nicht?

Trinken wir auf Andrea! sagte ich, doch ich wurde meine bohrende Frustration nicht los. Ich wollte diese in Raserei gemalten Leinwände draußen in der Welt sehen, wo sie sich auf ihre eigene Autorität verlassen könnten.

Wir sprachen über das Anmischen von Farben – Rostia benutzte sowohl Öl wie Tempera – und wieviel billiger das ist, als Tuben zu kaufen. Er hielt eine Dose mit Cadmiumgelb. Dann öffnete er eine Flasche mit Leinsamenöl und reichte sie mir, als erwartete er, daß ich einen kräftigen Schluck nähme. Wußte er, was die Wirkung sein würde?

Ich roch daran, und ich vergaß meine Frustrationen. Ich war wieder zwölf Jahre alt. Ich hatte meine erste Schachtel mit Ölfarben bei mir und meine erste Palette von der Größe eines Schulheftes. Ich nahm die Tuben mit ihren exotischen, fernen Namen zur Hand. Indischrot. Neapelgelb. Gebrannte Umbra. Ungebranntes Siena. Und das geheimnisvoll benannte Flockenweiß (Schieferweiß) – das an Flocken in einem Schneesturm gemahnte.

Der Geruch des Öls (das gleiche Öl, mit dem man Kitt weich macht, wenn man eine Fensterscheibe einsetzt) führte mich ein halbes Jahrhundert zurück zu einer Verheißung. Der Verheißung ständigen Malens, der Verheißung, es jeden Tag deines Lebens zu tun und an nichts anderes zu denken, bis du tot bist!

20
Ein Mädchen wie Antigone

Seine Maße, glaube ich, sind 80 × 200 cm. Wohl die Größe der Fläche, auf der man schläft, wenn man Liegewagen fährt. Nicht aus Eiche, sondern aus Birnenholz, das eine wärmere Farbe hat. Darauf steht eine Tischlampe, ebenfalls aus Holz, annähernd Bauhaus-Design vielleicht aus den zwanziger Jahren, als die Familie die Wohnung bezog. Eine bescheidene, funktionelle Lampe, die nahezu handgefertigt aussieht, doch beharrlich in ihrer Verheißung von Modernität – eine Verheißung, an die ihre Besitzerin keinen Moment lang geglaubt hat. Der Tisch steht in dem Zimmer, in dem sie gearbeitet und geschlafen hat, wenn sie zu Hause war. In ihrem Wanderleben muß sie an diesem Tisch mehr als an irgendeinem anderen gelesen und geschrieben haben.

Ich habe niemals jemanden kennengelernt, der sie kannte. Ich habe mir viele Photos angeschaut. Ich habe ein Porträt von ihr nach einer Photographie gezeichnet. Vielleicht habe ich deshalb den seltsamen Eindruck, daß mein Auge schon vor langer Zeit auf sie gefallen ist. Ich kann mich an die gemischten Gefühle erinnern, die sie in mir erweckte: eine körperliche Antipathie, ein Gefühl meiner eigenen Unzulänglichkeit, eine gewisse Erheiterung über die Gelegenheit zu lieben, die sie zu bieten schien. Eine Liebe wie in Platos *Timaios*, deren Mutter die Armut ist. Sie konnte einen aus der Fassung bringen, kein Zweifel.

Den Tisch habe ich letzte Woche in Paris gesehen. Dahinter stehen ein paar Bücherregale, und darin ein paar von den Büchern, die sie gelesen hat. Das Zimmer ist lang und schmal, wie der Tisch. Wenn sie daran saß, hatte sie die Tür zu ihrer Linken. Die Tür führt auf einen Korridor: gegenüber war das Sprechzimmer ihres Vaters. Wenn sie den Korridor entlang zur Wohnungstür ging, kam sie also am Wartezimmer vorbei, das zu ihrer Linken lag. Die Kranken oder die, die Angst hatten, krank zu sein, waren unmittelbar vor ihrer Tür. Sie hätte ihren Vater jeden Patienten verabschieden und dann den nächsten begrüßen hören können:

Bonjour, Madame, nehmen Sie Platz und erzählen Sie mir, wie es Ihnen geht.

Rechts von ihrem Tisch ist das Fenster. Ein großes Fenster, das nach Norden geht. Die Wohnung befindet sich im sechsten Stockwerk, und die Rue Auguste Comte liegt auf einer geringen Erhebung, so daß man einen Blick über Paris hat, vom Jardin du Luxembourg direkt unterhalb bis hinüber nach Sacré Cœur. Du stehst am Fenster, du machst es auf, du lehnst dich gegen das Geländer des Balkons, auf dem nicht mehr als vier Tauben landen könnten, und du fliegst in deiner Vorstellung über Dächer und Geschichte. Es ist genau die richtige Höhe für Flüge der Einbildungskraft: die Höhe, in der Vögel zum anderen Ende der Stadt fliegen, zu den Mauern, wo die Gegenwart endet und eine andere Epoche beginnt. In keiner anderen Stadt der Welt sind derlei Flüge so elegant. Sie liebte den Blick aus diesem Fenster, und das Privileg, das er darstellte, war ihr zutiefst suspekt.

»Es gibt eine natürliche Allianz zwischen Wahrheit und Anfechtung, denn beide sind stumme Bittsteller, auf ewig dazu verdammt, sprachlos zu stehen in unserer Anwesenheit.«

Sie begann an diesem Tisch zu schreiben, als sie aufs Lycée Henri IV ging und sich auf den Eintritt in die École normale vorbereitete. Damals hatte sie schon mit dem dritten

Heft der *Cahiers* begonnen, die sie ihr ganzes Leben lang führen sollte.

Sie starb im August 1943 in einem Sanatorium in Ashford, Kent. Der Bericht des Leichenbeschauers gab als Todesursache »Herzversagen aufgrund myokarditischer Herzmuskelschwäche infolge Unterernährung und Lungentuberkulose« an. Sie war vierunddreißig Jahre alt. Der Befund lautete auf Selbstmord, denn sie hatte aufgehört zu essen.

Was ist Besonderes an ihrer Handschrift? Sie ist geduldig, gewissenhaft – wie die einer Studierenden –, doch jeder Buchstabe, ob lateinisch oder griechisch, ist wie eine ägyptische Hieroglyphe gestaltet (beinahe gezeichnet), so sehr lag ihr daran, daß jeder Buchstabe eines jeden Wortes einen Körper haben sollte.

Sie hat viele Orte bereist, und sie schrieb, wo immer sie eine Unterkunft hatte, doch alles, was sie schrieb, hätte auch hier geschrieben sein können. Wann immer sie eine Feder zur Hand nahm, kehrte sie im Geiste an diesen Tisch zurück, um anzufangen zu denken. Dann vergaß sie diesen Tisch.

Wenn Sie mich fragen, woher ich das weiß, so bin ich um eine Antwort verlegen.

Ich setzte mich an den Tisch und las ein Gedicht, das einen Wendepunkt in ihrem Leben bezeichnete. In ihrer hieroglyphischen Handschrift hatte sie das Gedicht auf englisch abgeschrieben und es auswendig gelernt. Zuzeiten, wenn sie von Verzweiflung überwältigt wurde oder von den Schmerzen einer Migräne hinter den Augen, pflegte sie es laut aufzusagen, wie ein Gebet.

Einmal bei einer solchen Gelegenheit, während sie las, spürte sie die körperliche Gegenwart Christi, und das versetzte sie in Erstaunen. Mit Visionen wie den Wundern des Neuen Testamentes konnte sie nichts anfangen; sie wurden von ihr für zu leicht befunden. »... bei diesem plötzlichen Bann, in den Christus mich schlug, spielten weder meine

Vorstellungskraft noch meine Sinne irgendeine Rolle; ich fühlte einfach hinter den Schmerzen die Gegenwart einer Liebe, ähnlich der, die man im Lächeln auf einem geliebten Gesicht lesen kann.«

Als ich fünfzig Jahre später das Sonett von George Herbert las, wurde das Gedicht zu einem Ort, zu einer Stätte. Niemand war dort. Im Inneren war es wie ein steinerner Bienenkorb gebildet. Ähnliche Gräber und Zufluchtsstätten gibt es in der Sahara. Ich habe in meinem Leben viele Gedichte gelesen, doch nie zuvor habe ich eines besucht. Die Worte waren die Steine einer Wohnstatt, die mich umgab.

Auf der Straße unten, über dem Eingang zu dem Wohnhaus (heute muß man einen Code eintippen, um hineinzukommen), ist eine Tafel angebracht, auf der steht: Simone Weil, Philosophin, lebte hier zwischen 1926 und 1942.

21
Ein Freund, der spricht
(für Guzine)

Manchmal hat es den Anschein, daß ich, wie ein alter Grieche, hauptsächlich über die Toten und den Tod schreibe. Wenn dem so ist, dann kann ich nur hinzusetzen, daß es mit einem Gefühl der Dringlichkeit geschieht, wie es einzig dem Leben angehört.

Abidin Dino wohnte mit seiner geliebten Guzine im neunten Stockwerk eines Gebäudes des sozialen Wohnungsbaus, und zwar in einem jener Künstlerateliers, wie sie die Stadt Paris während einer bestimmten Epoche für Maler eingerichtet hat. Sie waren glücklich dort, doch wollte man den gesamten Raum berechnen, den das Atelier und seine Wandschränke einnahmen, so käme nicht viel mehr heraus als der Raum, der den Fahrgästen in einem Reisebus zur Verfügung steht. Übersetzungen, Gedichte, Briefe, Skulpturen, Zeichnungen, mathematische Modelle, Raki, von Kakao umhüllte Mandeln, Kassetten mit Guzines Radiosendungen auf türkisch, elegante Kleidung – beide kleideten sich auf ihre eigene Weise mit unfehlbarem Stilgefühl –, Zeitungen, Steine, Leinwände, Aquarelle, Photos – alles war dort untergebracht. Und immer wenn ich zu Besuch kam, war mein Kopf danach angefüllt mit dem Raum ungeheurer Landschaften, ja, sogar der des grenzenlosen Anatolien – und das lag an der Art, wie Abidin und Guzine den Bus lenkten, in dem sie wohnten.

Diese Woche ist Abidin Dino im Pariser Krankenhaus von Villejulf gestorben. Er starb, nachdem er drei Tage zuvor seine Stimme verloren hatte und nicht mehr sprechen konnte.

Das letzte, was Abidin ungefähr vor einer Woche zu mir gesagt hat, war: Übertreib nicht in deinem neuen Buch. Du brauchst keine Extravaganz. Bleib realistisch. Er war realistisch, was seinen Krebs anging. Er wußte, wie ernst es um ihn stand. Doch das Adjektiv, das er für seinen Gesundheitszustand gebrauchte, war das Adjektiv, das man für einen Schuh gebrauchen könnte, der drückt und mit dem man noch einen langen Weg gehen muß.

Jedes Bild, das sich für mich mit ihm als Lebenden verbindet, hat unweigerlich mit Straßen, Karawansereien, Reisen zu tun. Er hatte die Wachsamkeit eines Reisenden. Wie Saadi, der Perser, schrieb:

»Wer auf der Straße schläft,
verliert entweder Hut oder Kopf.«

In dem kleinen Bücheralkoven des Ateliers oder vor der tragbaren Staffelei, die er des Nachts zusammenklappte, war Abidin ständig auf Reisen. Er malte Frauen, die zu Planeten wurden. Er zeichnete den Schmerz von Krankenhauspatienten gleichsam mit der Genauigkeit eines Seismographen. Vor nicht langer Zeit gab er mir Photokopien einiger Zeichnungen, die er von Gefolterten gemacht hatte. (Wie viele seiner Freunde hatte er in der Türkei im Gefängnis gesessen.) Sieh sie dir an, sagte er, als er mich zum Fahrstuhl im neunten Stock begleitete, und vielleicht werden eines Tages Worte aus weiter Ferne zu dir kommen. Vielleicht nur ein Wort, oder zwei. Das wird genügen. Er malte Blumen – ihren Blütenkelch, ihren Bosporus-Durchlaß zur Liebe. Diesen Sommer malte er im Alter von achtzig Jahren während eines Aufenthaltes in einem Yali, einem Haus am wirklichen Bosporus, eine weiße Tür mit einem geheimnisvollen Zeichen darauf. Eine weiße Tür, die nicht in dem Yali war, sondern anderswo.

In der Nacht seines Todes erwachte ich in den frühen Morgenstunden. Ich erwachte in der Gewißheit, daß er gestorben war, und ich betete für ihn. Ich versuchte zu einer Linse in einer Art Teleskop zu werden, damit ein Engel irgendwo Abidin besser sehen könne, während er ihn begleitete. Vielleicht nicht besser. Einfach ein wenig mehr. Dann sah ich mich einem Blatt weißen Papiers gegenüber, so voller Licht, daß dort kein Raum war für eine verwaiste Farbe.

Später schlief ich ein, keineswegs bekümmert. Früh am nächsten Morgen rief mich Selçuk an, unser gemeinsamer Freund, um mir mitzuteilen, daß Abidin von uns gegangen war. (Er war im Krankenhaus etwa zwei Stunden vor meinem Erwachen gestorben.)

Und jetzt weinte ich, würgend vor Gram, dem Gram eines Hundes. Gram ist animalisch. Die alten Griechen haben das gewußt.

Man sagt oftmals im Hinblick auf den Tod eine edlen Menschen, ein Licht sei erloschen. Es ist ein Klischee, doch wie soll man das Dunkel danach besser beschreiben? Das weiße Papier, das ich sah, wurde kohlschwarz, und das ist die Farbe der Abwesenheit.

Abwesenheit? Das Zeichen, das Abidin diesen Sommer auf die weiße Tür malte, erinnerte mich an eine andere Reihe von Zeichnungen und Gemälden, die er während der letzten Monate angefertigt hatte. Es waren Menschenmengen. Bilder unzähliger Gesichter, jede Person für sich, und doch, gebündelt in ihrer Energie, Molekülen ähnlich. Die Bilder waren dennoch weder unheimlich noch symbolisch. Als er sie mir das erste Mal zeigte, hatte ich den Gedanken, daß diese vielen Gesichter den Buchstaben eines nicht entzifferten Schreibens ähnelten. Sie waren geheimnisvoll fließend und schön. Jetzt frage ich mich, ob Abidin damals nicht schon wieder auf Reisen gewesen war, ob es nicht schon Bilder der Toten waren.

Und in diesem Augenblick beantwortet er die Frage, denn plötzlich erinnere ich mich, daß er Ibn al Arabi zitierte: »Ich sehe und gewahre die Gesichter aller, die gelebt haben und eines Tages leben werden, von Adam bis zum Ende der Zeiten …«

22
Zwei Männer neben dem Kopf einer Kuh

Am Neujahrstag hatte Louis mich angerufen, ob ich ihm bei Blanquette helfen könne, die kalbte. Er war seit dem Morgen zwanzigmal im Stall gewesen, um mit der Faust zu fühlen, ob das Ende von Blanquettes Schwanz weich und nicht hart war. Kurz vor der Geburt wird bei ihnen der Schwanz weich. Draußen war alles weiß, und in den Zweigen der Birnbäume hingen Pakete von Schnee so groß wie Säcke. Blanquettes Fruchtwasser war abgegangen, doch nur ein Hinterbein war erschienen.

Louis steckte den Arm hinein, um nach dem zweiten Bein zu suchen; er fand es zweifach geknickt, doch es war so schlüpfrig, daß er es nicht drehen konnte. Nom de Dieu! sagte er.

Ich hatte einen Stock genommen und drückte ihn mit meinem ganzen Gewicht gegen Blanquettes Wirbelsäule, dicht bei den Schultern. Der Druck lockert das Becken. Louis, den Arm bis zur Achselhöhle in ihr, versuchte mittlerweile ein zweites Mal, das Bein des Kalbs zu drehen. Geschafft! zischte er.

Dann hatte er einen Strick über einen der Füße gleiten lassen. Während wir daran zogen, kamen langsam die Beine heraus. Sie waren weiß, verschmiert mit bräunlichem Rosa an manchen Stellen, die teils die Farbe des Fells hatten, teils die Farbe von Blut, dem süßen Blut jenes schweren Durchgangs, den wir alle vergessen.

Das Kalb glitt durch unsere Arme auf das Stroh. Seine Augen waren geschlossen. Louis schüttete ihm einen Eimer kaltes Wasser über das Gesicht. Es seufzte einmal. Ein einziger Atemzug. Es war männlich. Seine weiße Zunge baumelte seitlich aus dem Maul. Louis hielt ihm das Maul offen, und ich blies in die Kehle hinein. Er massierte das Herz. Wir gossen *gnôle* über die Zunge. Hat zu lange gedauert! sagte Louis.

Louis rechnete damit, daß die Erde unter der Linde nicht allzu hartgefroren sein würde, denn der Hang geht nach Süden. Er stapfte mit Spitzhacke und Schaufel durch den Schnee. An dem Strick, der immer noch am Bein befestigt war, zog ich das Kalb über den Boden. Er ließ es in die Grube gleiten, wobei sich der träge Körper ganz natürlich zusammenfaltete, um ebensowenig Raum einzunehmen, wie er innerhalb von Blanquette gehabt hatte. Das Maul des Kalbs zeigte zum Himmel.

Louis hatte sich herabgebeugt und gesagt: Hat das Leben nicht kennengelernt! Dann drehte er den Kopf des Kalbs auf die Seite, damit nicht das Maul getroffen würde, wenn er die erste Schaufel Erde hinabwarf.

Das Kalb, am Neujahrstag gestorben, war ein böses Omen, das wir nicht ganz vergessen hatten.

Jetzt hatte die Herzogin eine Kolik. Sie hatte wahrscheinlich schlechtes Gras gefressen. Sie legte sich nieder, sie wollte nicht mehr fressen, sie bewegte die Kiefer nicht. Kühe sind mit ihren vier Mägen anfällig. Verdauung ist ihre Achillesferse – falls sich irgend etwas an diesen fügsamen, gewandten Tieren überhaupt mit Achilles vergleichen läßt!

Louis befühlte ihre heißen Ohren, sah sich die Augen an, umklammerte den Schwanz. Der Tierarzt ist teuer. Wir beschlossen, die traditionelle Familienmedizin für eine Kuh mit Kolik anzuwenden.

Er ging ein wenig *gnôle* holen, und ich mahlte inzwischen etwas Kaffee. Dann fand ich eine alte Essigflasche, spülte sie aus, goß zwei Tassen *gnôle* hinein und füllte sie mit starkem frischgebrühten schwarzen Kaffee auf. Ich probierte die Mixtur, um mich zu vergewissern, daß sie nicht zu heiß war. Ein Gefühl der Dringlichkeit hielt uns davon ab, geduldig zu warten, bis der Kaffee abgekühlt war.

Wir kehrten mit der Flasche in den Stall zurück, und Louis verkürzte den Strick, mit dem die Herzogin an den Ring in der Stallwand gebunden war, und nahm ihren riesigen Kopf unter den Arm. Mit der anderen Hand versuchte er, ihr das Maul aufzustemmen. Wenn Kühe verwirrt sind, stellen sie sich dumm. Die Herzogin wollte nicht aufmachen. Louis drückte mit den Fingern gegen ihr blaßrosa Zahnfleisch, er zerrte an ihrer ungeheuren Lippe. Schließlich sperrte sie auf. Ich schüttete ihr den Inhalt der Essigflasche in den Schlund. Sie schluckte Kaffee und *gnôle*. Dann schloß sie, über Zähnen, die kein Fleisch fressen, ihr Maul wie ein Wal – doch sanft, ohne einen Finger zu quetschen.

Jetzt können wir nichts weiter tun, als bis morgen zu warten, sagte Louis.

23
Mann,
seine Brust entblößend

Eine Menschenmenge. So groß, daß man sie sich nicht vorstellen kann, selbst wenn man Teil von ihr ist. Eine Menschenmenge, in der alles, was von der Vergangenheit geblieben ist, um einer Zukunft willen hervorbricht, sucht, betrügt, ans Ziel gelangt, hofft, wartet, verzweifelt.

Die Menschenmenge ist wegen des Marktes da. Wird reicher. Wird ärmer, in der Hoffnung, später ein bißchen reicher zu werden. Der Markt hat nichts mit den Wohlhabenden zu tun. Hier können eine Stimme und ein Blick der Augen noch ausschlaggebend sein. Alles glitzert, weil es ein Geschäft sein könnte. Alles, was verkauft wird, ist ein kleiner Gewinn, weil es verkauft wurde.

Tintenfisch, Zündkerzen, Kämme, Granatäpfel, Kassetten, Schweineblasen, Sellerie, alte Bänder, Ringe, Jeans, neue Schuhe, alte Schuhe, Auspuffrohre, Samoware, Brot, Lammfleisch, schwarzer Pfeffer, Bettlaken, Kissenbezüge, Windeln, Bügeleisen, Parfums, Hühnerleber, Mandeln, Sturzhelme, Feigen, Holzlöffel, Photoapparate …

Ich suche nach einem Schleifstein für Messer. (Einfache Freuden: des Morgens Blumen pflücken, sie in ein Zimmer bringen und in eine Vase stellen. Mit einem scharfen Messer schneiden. Sich nach dem Erwachen kaltes Wasser ins Gesicht spritzen. Einen Brief von einem geliebten Menschen erhalten.) Ich gehe von Stand zu Stand. Niemand ist schön.

Jeder ist wie aus zweiter Hand und mit Staub bedeckt. Jeder hat zumindest einen Witz. Und viele haben einen Stolz, der Schönheit in den Schatten stellt.

Es geht sich schwer, weil die Menge so dichtgedrängt ist. Jeder muß sich wie ein Wasserrinnsal voranbewegen, das zwischen Kieselsteinen seinen Weg sucht. Und für die anderen ist er ein Kieselstein.

Man kann in Zeitungen von demographischen Kurven lesen, doch in solch einer Menschenmenge ist die Energie, sich fortzupflanzen – geduldig und gewaltsam wie die Strömung eines großen Flusses – eine Wärme, eine Strahlung, die auf dem Handrücken empfunden wird, und ein Geruch, der sich mit all den anderen Gerüchen von Heizöl, Autoabgasen, Zementstaub, Fisch, Zimt, Scheiße, brennendem Plastik, Jod, Honig und Essig vermischt. Das Leben, wie es eins mit sich selbst ist, im Omoniaviertel von Athen unterhalb der Akropolis.

Schließlich finde ich einen Schleifstein, ich spucke darauf und probiere ihn an einem Messer aus. Der Verkäufer nickt mit dem Kopf, ohne zu lächeln, denn er weiß, daß ich jetzt nahezu moralisch verpflichtet bin, den Schleifstein zu kaufen, und dabei habe ich noch gar keinen Preis genannt. Das Geräusch des feuchten Schleifsteins, der die Klinge entlanggleitet, ist glatt und doch körnig. Wie eine Schlange, die über den Sand kriecht.

Wieviel?

Sechshundert.

Fünf.

Er wickelt den Stein in eine Zeitung. Und in dem Moment sah ich den Blinden. Er hielt einen weißen Stock und trug ein Hemd, das nicht zugeknöpft war. Er bewegte sich unbeschwerter durch die Menschenmenge als jeder andere. Er hatte einen konzentrierten Gesichtsausdruck.

Der Werkzeugverkäufer gibt mir auf meinen Tausenderschein einen Fünfhunderter heraus, und den lege ich dem Blinden in die offene Hand. Er war stehengeblieben und hatte darauf gewartet, daß ich das tat. Seine Blindheit ist von einer Art, daß die Augen (er trägt keine Brille) ständig geschlossen sind. Er muß in den Vierzigern sein. Während er noch das Geld in der Hand hält, zerrt er an seinem Hemd, um die Brust freizumachen. Von blasser Farbe, die Rippen deutlich sichtbar. Unter der linken Brustwarze ist ein Stück Mull mit Klebeband auf der Haut befestigt.

Dann sehe ich, daß an der Innenseite des Hemdes eine Brosche steckt. Ein Teil von mir überlegt sofort, daß die Brosche vielleicht die Ursache für die wunde Stelle ist, die der kleine Verband bedeckt. Ein anderer Teil von mir sieht mit Erstaunen, daß auf das Medaillon der Brosche eine Kreuzigung gemalt ist. Das Kreuz ist ganz nah – man könnte die Hand ausstrecken, um das Holz zu berühren, wie auf dem großen Bild, das Velázquez gemalt hat, als er einunddreißig Jahre alt war.

Der blinde Bettler hält sein Hemd auf und wartet, um sicherzugehen, daß ich die Miniatur gesehen habe. Ich meine, er kann hören, wie ich sie mir ansehe.

Das Auge ist des Leibes Licht, sagt er, als er mit seinem rituellen Vortrag beginnt. Wenn deine Augen gut sind, so wird dein ganzer Leib licht sein. Sind deine Augen aber schlecht, so wird dein ganzer Leib finster sein. Wenn nun das Licht, das in dir ist, Finsternis ist, wie groß wird dann die Finsternis sein.

Ich habe die Stelle im Matthäusevangelium gefunden.

24
Ein Haus in den Sabiner Bergen

Von ihr weiß ich mit Bestimmtheit nur zwei Dinge. Das erste, sie ist die Mutter meines Freundes Riccardo, und das zweite, davon werde ich Ihnen am Ende erzählen.

Eine ungepflasterte Straße läuft den Kamm eines langen, welligen Hügels entlang. Manchmal sind die Hänge auf der einen oder der anderen Seite so steil, daß der Hügel beinahe die Bezeichnung Berg verdient. Die Straße führt durch Olivenhaine und an zwei oder drei kleinen Häusern vorbei, bis sie beim letzten Haus anlangt, wo Riccardos Mutter in den zwanziger Jahren geboren wurde, etwa zu der Zeit, als Mussolini die Macht übernahm, und dort hört die Straße auf, weil der Hügel aufhört. Man steht da, und es ist, als stünde man am Bug eines hohen Schiffes, und man schaut über das Meer aus Hügeln und Tälern, das sich bis zum Horizont hinzieht.

Nach Norden zu liegt ein Städtchen, einer Festung gleich auf der Kuppe eines Hügels erbaut. Im Rathaus stapeln sich in Stößen Tausende von Dokumenten, die Eheschließungen, Geschäftsabschlüsse, Rechtsstreitigkeiten, Todesfälle, Eigentumsüberschreibungen, Geburten ehelicher und unehelicher Kinder, bezahlte Geldbußen, Jahre abgeleisteten Wehrdienstes, Strafanzeigen, bezahlte und unbezahlte Schulden beurkunden, doch indem die Jahre vergehen und die beurkundeten Ereignisse zurücktreten, geraten die grimmigen

Entscheidungen, die bei diesen Vorgängen getroffen wurden, in Vergessenheit, und nur die sich wiederholenden Namen – da alle Familien miteinander verwandt waren –, nur die sich wiederholenden Namen murmeln immer noch wie das Meer.

Die Straße war immer voller Überraschungen, denn der ausgedörrte Boden, die Steinsplitter, die Gräser, die Disteln, die Eidechsen, die versteinerten Meeresmuscheln, der wilde Chicorée, der Donner, wenn es ein Gewitter gab, das Silber der feuchten Olivenblätter danach und am nächsten Tag die Reglosigkeit der Hitze des frühen Nachmittags um deine Fußgelenke, wenn du dort entlanggingst, diese Ereignisse waren so endlos wie die Kindheit selbst, und keines von ihnen konnte sich lange an Ort und Stelle halten, da es sich gewöhnlich am anderen Ende der Straße davonmachte und am nächsten Tag wieder da war. Um in dieser Hügellandschaft auch nur die geringste Ordnung aufrechtzuerhalten, bedurfte es der Arbeit von Generationen.

Die Olivenbäume stehen heute immer noch in ihren Reihen. Ein paar, in der Nähe der Häuser, sind beschnitten, so daß ihre Zweige wie die Finger einer ausgestreckten Hand einer Logik folgen. Doch manche der Bäume wachsen ungehindert, und Unterholz überzieht die Terrassen. Die ersten Häuser entlang der Straße sind hergerichtet worden und in unerhörten Farben bemalt: den Farben, die nach der Entdekkung des Polyesters erfunden wurden. An der Straße lebt niemand mehr. Die erwachsenen Kinder der letzten Bewohner kommen zum Wochenende, sie tun, was sie können, ruhen ein wenig, pflücken die Feigen, wenn sie reif sind. Doch die endlose Arbeit hat aufgehört. Und das letzte Haus ist verlassen.

Riccardos Mutter ging fort, als sie heiratete, wie die anderen Kinder. Die Großeltern blieben, bis sie starben. Es steht seit vierzig Jahren leer.

In einer der dicken Mauern ist ein Ofen, in dem Brot gebacken wurde. Der Keller unten war ein Stall für den Esel und das Pferd. In der Kammer des Untergeschosses gibt es einen zementierten Ausguß und einen Kochherd, der sich mit Glut heizen ließ, die man aus dem Feuer nahm. Tag für Tag, Jahr um Jahr war während der Mahlzeiten diese beengte Kammer gedrängt voll und von Lärm erfüllt. Eine Treppe, beinahe so steil wie eine Leiter, führt hinauf zum Elternschlafzimmer. Von dort hüpft man hinab in einen Anbau wie auf ein Vorderdeck, wo die Schiffsmannschaft schläft. Dieses Deck war das Schlafzimmer für die Kinder und sonstige Anwesende. Drinnen zu sein bedeutete in diesem Hause, anderen nahe zu sein. Wollte man Einsamkeit, ging man hinaus und kletterte zu einem der Felsen hinab.

Sobald man erwachte, glitt man die steile Treppe hinab, und lief hinaus zum Bug, um über die Täler zu blicken. Ein Tag war wie der andere und doch verschieden. Erwachte man spät und ging hinaus, hörte man hinter sich das Ausschnaufen des Pferdes, dessen große Lippen bebten.

Seit einiger Zeit wölben sich durch das Gewicht des Daches die seitlichen Wände des Hauses nach außen. Die Balken geben nach. Die Feuchtigkeit, die alten Mörtel zu Staub zernagt, ist überall eingedrungen. Die Türen hängen schief. Das Haus ließe sich retten, doch es zu restaurieren kostet Geld. Von Zeit zu Zeit spricht die Familie davon: Alle Kinder müssen zustimmen. Würde jemand von ihnen je dort wohnen? Wann? Wie gewinnt man in einer Lotterie, um genug Geld zusammenzubekommen?

Einstweilen, nämlich vor achtzehn Monaten, hat Riccardos Mutter ihre eigene Entscheidung getroffen. Sie besorgte sich eine Jasminpflanze. Sie ging zu dem Haus am Ende der Straße, dem Haus, in dem sie geboren wurde, und in die Erde an der Südwand neben der Tür pflanzte sie die Jasminpflanze und band sie mit Bast sorgsam an einen Stock, damit sie dem

Wind und, wenn es Unwetter gibt, dem Regen zu widerstehen vermag.

Sie gedeiht gut und ist fünfzig Zentimeter hoch. Das ist das zweite, was ich mit Bestimmtheit weiß.

25
Zwei Katzen in einem Korb

Ein Schornstein geht mitten durch sein Haus. Jeden Winter – ausgenommen die paar Jahre, als das Bauernhaus unbewohnt war, das heißt, ehe der Mann dort wohnte – wurde der Schornstein von einem Feuer in der Küche erhitzt, einem Feuer, dem der Schornstein Zug verschafft.

Die Öfen, in denen das Feuer brannte, sind vielleicht nicht mehr dieselben, doch sonst hat sich nichts verändert. Der Maurer, der den Schornstein geplant und gebaut hat, wäre heute noch ebenso stolz auf seine Arbeit, wie er es damals gewesen sein muß, als er eine Tanne aufs Dach setzte, um zu verkünden, daß der Hausbau vollendet sei. An jenem Abend gab es eine *fête* im Dorf, und alle tranken auf das neue Zuhause. Über der Vordertür, deren Füllung aus Birnenholz besteht, hat der Maurer seine Initialen und die Jahreszahl in Stein gemeißelt: C. J. 1883.

Jetzt, im Jahre 1993, steht ein Korb hinter dem Ofen, halb gefüllt mit Anmachholz. Der Korb wurde von einem anderen Maurer angefertigt. Er hat die Böschung entlang der *route nationale* am anderen Ende des Dorfes mit einer Mauer befestigt, und als er alt und seine Frau gestorben war, flocht er gern Körbe für seine Freunde. Oben auf dem Anmachholz im Korb hinter dem Ofen liegen zwei schlafende Katzen. Sie sehen aus wie ein Kalenderbild für den Monat Januar. Wie sie so daliegen, berühren sich ihre Köpfe, und sie haben die Vorderpfoten umeinander gelegt. Eine Mutter und eine Tochter. Gelegentlich bewegt sich eine von ihnen und leckt der anderen das Gesicht.

Ein Mann sitzt in einem Sessel neben dem Ofen und sieht voller Muße den beiden Katzen im Korb zu. Tiere schlafen mit Mitgliedern ihrer Familie, jedoch selten mit ihren Partnern. Menschliche Rhythmen sind anders, werden von anderen Ängsten begleitet. Doch überträgt sich durch das Behagen der Katzen hinter dem Ofen eine Art von Glück, das vertraut ist.

Im Frühling, wenn die beiden Katzen rollig und nach der Paarung die Kater fort sind, im Frühling liegen sie auf dem Rücken im Staub, und die Pfoten zucken, und der Kopf rollt von einer Seite auf die andere, wenn sie sich strecken, um sich länger zu machen.

Während der Mann in einer Winternacht, allein in seiner Küche, verträumt den von Jean-Marie angefertigten Korb betrachtet, denkt er: Wie die Katzen kein Bedürfnis haben, mit ihren Paarungspartnern zu schlafen, so legt das Geschlecht der Tiere, anders als das des Menschen, nicht den Gedanken nahe, daß etwas, das einmal Eines war, in zwei Hälften geteilt oder getrennt worden ist. Es sind nur die Männer und Frauen, die sich nach einer verlorenen Einheit sehnen. Die Katzen träumen hinter dem Ofen von ihrer eigenen Schlaffheit und Wärme. Und wenn eine die andere leckt, so ist es, als lecke sie einen Teil ihrer selbst.

Er erinnert sich an eine Geschichte, in der davon die Rede ist.

Am Anfang gab es einen einzigen Lehmklumpen mit vier Armen und vier Beinen. Eines Tages beschloß Gott, ihn in zwei gleiche Teile zu zerschneiden. Danach mußte er die beiden neuen Körper dort, wo er sie auseinandergeschnitten hatte, mit Faden vernähen. Er hatte eine Rolle Garn bei sich. Und er biß mit den Zähnen dort ab, wo er meinte, es seien zwei gleich lange Stücke. Und da machte er einen Fehler. Das eine war länger als das andere. Mit dem kurzen Faden vernähte er den einen Körper, doch es langte nicht, um ihn überall zuzunähen. Beim anderen gab es zuviel Faden, und so machte er einen Knoten und ließ ein Ende baumeln!

Der Mann beim Ofen lächelt, weil er sich in der Geschichte so leicht selbst wiedererkennen kann. Doch bei den beiden Katzen hat niemand einen Fehler gemacht. Er legt einen Scheit ins Feuer. Draußen ist es kalt. Mineralisch kalt. Er erzählt sich eine andere Version des Anfangs.

Gott beschloß, den Menschen einen freien Willen zu geben. Sobald es so etwas wie einen freien Willen gab, machten sich die Naturgesetze der Notwendigkeit – all die Gesetze von Ursache und Wirkung – bemerkbar. Jede Geschichte, die je von Männern oder Frauen erzählt wurde, ist auch ein Protest gegen die Gleichgültigkeit jener Gesetze.

Die Katzenmutter, weiß und orangefarben, legt das Hinterbein über die schwarze Katzentochter.

Das Leben wurde hart und grausam. So grausam, daß Männer und insbesondere Frauen nicht die Bereitschaft fühlten, jemand anderem Leben zu wünschen. Es sei besser, nicht geboren zu werden, und besser, so sagten sie, nicht zu gebären, sie würden damit aufhören. Das war der Moment, in dem Gott all die Akte erfinden mußte, die sexuelle Lust versprechen. Einen nach dem anderen erfand er sie. Und seit der Zeit haben Frauen und Männer, wenn sie sich lieben, Nachsicht mit diesem Leben, und es wird ihnen ein Blick in ein anderes gewährt …

Der Kopf des Mannes nickt herab, das Kinn berührt die Brust, während er in den Schlaf sinkt und der Schornstein dem Feuer Zug gibt.

26
Junge Frau, eine Schapka tragend

Olga. Ich nenne dich so, weil ich nicht weiß, wie du heißt. Und auch nicht, wie alt du bist. Ich schätze, neunzehn. Über deine Herkunft kann ich mit Gewißheit nur eins sagen, nämlich daß du am Abend des 3. Oktober 1993, einem Sonntag, in Moskau gewesen bist.

Du hast einen Verband um den Kopf. Der Verband ist nicht allzu sichtbar, weil du eine *Schapka* trägst, die du an dich genommen hast und die einem Soldaten gehörte, der gerade getötet wurde. Du hast auch seine Felljacke und einen Soldatengürtel an dich genommen, die du jetzt ebenfalls trägst. Ich vermute, du hast auch sein Gewehr an dich genommen, doch das ist auf dem Photo nicht zu sehen. Du hast alles an dich genommen, als hätte er es dir vermacht. Er hat auf deiner Seite gekämpft. Vermutlich war er einer der Kosaken, die überliefen, um sich Ruzkoj anzuschließen.

Du bist verwundet worden, als du und ein paar tausend andere, spärlich bewaffnet, versucht haben, das Fernsehgebäude von Ostankino zu besetzen. Jetzt seid ihr zurückgekehrt, um das Parlament im Weißen Haus zu verteidigen: das Parlament, das zwölf Tage lang belagert wurde, weil es angeblich eine Gefahr für die Demokratie darstellt.

Du bist bleich, nachdenklich. Deine Augen haben einen besonderen Ausdruck, der daher rührt, daß sie unverwandt auf etwas schauen, das sich weder in unmittelbarer Nähe noch in der Ferne befindet. Du schaust auf das, was vor ein paar Stunden hätte sein können. Jetzt weißt du, daß die Omons, die Ordnungskräfte, Todesschüsse abgeben. Im Kreml wurde beschlossen, daß weitere Tote akzeptabel sind. Die Feuerkraft der Milizen da draußen ist verheerend.

Du hast das gewußt, und du bist zurückgekehrt, um das Weiße Haus zu verteidigen, denn was auf dem Spiel steht, ist mehr als nur Niederlage oder Sieg. Jetzt, da sie Tote wollen, müssen sie wohl gewinnen.

Auf dem Spiel steht deine Zerbrechlichkeit, und zum Beispiel der Gürtel, den du trägst. Er hätte von der Uniform deines Vaters stammen können, sogar von der deines Großvaters.

Es hat nicht nur der Rubel seit zwei Jahren tausendfach seinen Wert eingebüßt. Alles, was einmal das Leben war, hat seinen Wert eingebüßt. Alles ist zu Ramsch geworden, der verhökert wird. Jeden Tag hast du auf den Straßen Menschen gesehen, die Schätze verkauften, an denen einst ihr Herz hing, um Zucker zu kaufen oder ein Paar Stiefel für den Winter. All die Opfer dreier Generationen werden jetzt auf dem Altar des freien Marktes geopfert. Und sind sie geopfert, wird alles sofort ausgegeben, so daß nichts übrigbleibt. Nichts.

In deiner Zerbrechlichkeit bist du gekommen, um gegen dieses Nichts zu protestieren.

Die Schlagzeilen in den Zeitungen behaupteten, du würdest dich nach dem Kommunismus sehnen und die Demokratie bedrohen. Ihnen zufolge hast du dein Land an den Rand des Bürgerkrieges gebracht, Olga, und dann wurde das Volk zum Glück gerettet von Jelzin, der von den Staatsmännern des Westens unterstützt wird.

Doch das Gedächtnis des Volkes ist nicht so kurz, wie die Händler des freien Marktes angenommen haben. Und das ist schon auf deinem Gesicht zu sehen. Es läßt sich schwer entscheiden, ob du ein Kind bist oder eine Großmutter. (In historischen Momenten überblenden sich zuweilen zwei, drei, vier Generationen und existieren gemeinsam in der gelebten Erfahrung einer einzigen Stunde. Diejenigen, die glauben, daß die Geschichte an ihr Ende gekommen ist, haben das vergessen.) Es läßt sich schwer sagen, ob du zur Verteidigung des Weißen Hauses gekommen bist, weil du Klassenkameradinnen hast, die emigriert sind, um in Hamburg oder Zürich Prostituierte zu werden, oder weil du dich daran erinnerst, daß du einen Gatten in der Schlacht um Stalingrad verloren hast. Auch das gehört zu deiner Zerbrechlichkeit.

Die Händler des freien Marktes und die Mafia – ihre logische Entsprechung – nehmen an, daß sie jetzt die Welt in der Tasche haben. Haben sie auch. Doch um ihre Zuversicht aufrechtzuerhalten, müssen sie die Bedeutung all der Wörter ändern, die einst in den Sprachen dazu dienten, das Leben zu erklären oder zu preisen oder ihm Wert zu geben: wenn es nach den Händlern geht, ist jetzt jedes Wort der Diener des Profits. Und deshalb sind sie stumm geworden. Oder vielmehr, sie können keine Wahrheit mehr sprechen. Ihre Sprache ist welk geworden. Also haben sie auch die Fähigkeit des Gedächtnisses verloren. Ein Verlust, der sich eines Tages als verhängnisvoll erweisen wird.

Morgen, Olga, wird ein Freund dir den Verband wechseln.

Ich mache aus dem Photo dieses Porträt aus Worten, damit auch jemand, der das Photo am Dienstag, dem 5. Oktober 1993, in der französischen Presse verpaßt hat, dich sehen kann.

27
Männer und Frauen, an einem Tisch sitzend und essend

Es gibt zwei Festessen im Laufe meines Lebens, die in meiner Erinnerung einander zugeordnet sind. Die beiden Anlässe könnten scheinbar einen Gegensatz bilden, doch ich bezweifle, daß sie gerade deshalb in meiner Vorstellung unbedingt zusammengehören. Jedenfalls befinden sich die beiden Abbildungen für immer auf derselben Seite.

Das erste Mal war es bei *Maxim's* in Paris. Ein paar russische Freunde, die am Theater arbeiteten, hatten mich in das legendäre Restaurant eingeladen. Es bereitete einige Umstände, in den inneren Bezirk eingelassen zu werden, da ich keine Krawatte trug. Der Barmann im Entree erklärte sich bereit, mir eine zu leihen, und forderte mich auf, mir aus einer Schublade eine auszusuchen. Es gab eine gewisse Auswahl an Farben – alle ausnahmslos düster. Vor einem Spiegel stehend, fragte ich mich den Bruchteil einer Sekunde lang, ob ich noch wußte, wie man einen Knoten bindet.

Schließlich stieß ich zu den anderen. Wir waren etwa zwanzig, und wir saßen an einem langen Tisch, wie in einem Refektorium. Die anderen kleineren Tische, an denen überall schon Leute saßen, waren ein wenig von uns entfernt, weiter hinten in der Tiefe der irgendwie geheimnisvollen Ausstattung des Restaurants. Geheimnisvoll auf dieselbe Weise, wie eine Bühne in einem vollbesetzten Theater geheimnisvoll ist, ehe die ersten Worte gesprochen werden. Wir, im Vordergrund der Bühne, waren allein.

Wir fingen an zu reden und aus unseren Gläsern zu trinken und zu essen – mit dem Eindruck, wenig zu essen, als würde uns jede Last des Verzehrens erspart! Bald vergaßen wir, wo wir waren, und ich hatte das Gefühl, als würde ich in einem langen Boot einen Fluß hinabfahren. Zwischen zwei Plätzen am Tisch befand sich jeweils ein unsichtbarer Ruderer, der fast ständig anwesend war, fast ständig ruderte, jedoch unsichtbar, denn er kam seinen Pflichten nur nach, wenn unsere Blicke anderswo waren. Diese Ruderer waren die Kellner, und sie ruderten, indem sie auch noch den kleinsten Wunsch, den wir hatten, im voraus errieten, ermöglichten und erfüllten.

Ich aß Seezunge fourrée mit Garnelen und Champignons. Die Soße über dem Fisch hatte die Farbe eines milchigen Opals, und die calendulafarbenen Karotten waren so dünn wie Oblaten geschnitten.

Wir waren die Toten, die harmonisch ohne Hindernisse den Fluß hinab und hinüber zu unserer Leichenverbrennung glitten. Dabei waren wir doch am Leben, wir ließen es uns schmecken, wir schluckten, wischten uns den Mund, wir blieben nüchtern, lachten, hatten unseren Spaß, versuchten uns zu erinnern, erzählten Geschichten, doch wir waren auch *foutus* (alles wies beruhigend darauf hin), und wir waren in den Händen der Fährleute.

Naturgemäß zog sich unter diesen Umständen das Essen länger hin, als irgend jemandem auffiel, wie spät es war, wir mußten uns beeilen, und so waren wir gezwungen, ein Taxi zu nehmen. Es wurde von einer Frau gefahren.

Bei *Maxim's* haben Sie also gegessen? fragte sie lächelnd. Da bin ich noch nie gewesen, doch wenn es sich ergibt, ist es etwas, was man einmal im Leben tun sollte, nicht wahr? sagte sie.

Das zweite Essen fand in der galicischen Kleinstadt Betanzos an der Nordwestspitze Spaniens statt. Am Tag der Himmelfahrt Marias Mitte August. Zufällig war zugleich Markttag, und an Markttagen wird in Betanzos, ein wenig außerhalb der Stadt auf einem Hügel, wo sich die Tierverschläge befinden, eine Kantine aufgemacht, die immer dieselbe Mahlzeit bietet.

Es ist heiß, der Verkauf ist beendet. Das unverkaufte Vieh wird wieder in die Lastwagen gepfercht. Ein Mann meines Alters in einem weißen Anzug, der eines Grafen würdig wäre, belädt seinen alten Peugeot mit Käfigen unverkaufter Küken. Hinter dem Fahrersitz befinden sich abgepackte Eier, und der Boden des Autos ist mit winzigen braunen Federn bedeckt. Jetzt ist es Zeit zu essen. So wie er heute gekleidet ist, mit seinem elfenbeinfarbenen Anzug und der silbernen Krawatte, würde man den Hühnergrafen bei *Maxim's* einlassen.

Ich folge ihm in die Kantine: ein Betonhangar mit einem Wellblechdach, mit Fenstern hoch oben in der Wand, und auf dem Asphaltboden Reihen schmaler Holztische, die aus drei Brettern bestehen, drei Hand breit. Zweihundert oder mehr Menschen sitzen bereits auf den Bänken beim Essen. Jeder von ihnen hat sich, wie der Hühnergraf, zu diesem Anlaß besonders gekleidet.

Unter den religiösen Fiestas ist dieser Himmelfahrtstag am ehesten sexy. Ein wenig wie eine himmlische Hochzeit, doch lustiger als eine Eheschließung. Also einen neuen Kamm ins Haar. Saubere Jeans. Weiße Socken. Bunte Bänder für die ganz kleinen Kinder. Setz die neue Mütze zum ersten Mal auf. Zieh deine Engelsschuhe an.

Seit einem Jahrhundert läßt die Stadt Betanzos alljährlich zu diesem Anlaß um Mitternacht einen vielfarbigen Heißluftballon in den Himmel fliegen, und mit brennenden Gasdüsen steigt er empor, wie es einst die Madonna tat. Und schwer schnaufen jedes Jahr Tausende von wartenden Zuschauern, während sie dem Ballon und seinen Passagieren mit den Augen folgen, als könne ihr Atem ihnen auf ihrem Weg behilflich sein.

An der dem Eingang gegenüberliegenden Wand der Kantine brennen jetzt Roste mit loderndem Holz. Über jedem Feuer befindet sich ein solider Kupferkessel mit Wasser, der seit dem Morgengrauen vor sich hin siedet. Gekocht wird von Frauen, die bäuerlich in Schwarz gekleidet sind, und sie stehen hinter den Kesseln. Immer, wenn weiteres Essen gebraucht wird, beugt sich eine von ihnen über das dampfende Wasser und holt mit der Gabel einen weiteren gekochten Tintenfisch heraus.

Es sind stattliche Geschöpfe, so riesig wie die größten Sonnenblumen. Ehe sie in den Kessel kamen, wurden sie gegen Felsen geschlagen, um ihr Fleisch zart zu machen. Dann wurden sie dreimal ins Wasser getaucht, ehe sie zum Kochen darin blieben. Beim dritten Mal färbten sie sich rötlich.

Eine Frau in Schwarz legt einen gekochten Tintenfisch auf einen Holztisch. Dort schimmert er, jetzt nicht mehr rötlich, sondern phosphoreszierend – in den Farben von Gasflammen – grün, weiß, violett. Sie schneidet ihn mit einer Baumschere in runde Scheiben. Die Scheiben haben etwa die Größe von Siegelringen. Mit Salz, Essig, Öl und Cayennepfeffer besprenkelt und auf runden Holztellern serviert, sind diese Ringe das eigentliche Fest.

Man ißt gemeinsam von den Holztellern. Du spießt dir mit einem Zahnstocher aus Holz das Juwel auf, das du dir ausgesucht hast, und du ißt es mit galicischem Brot, das das Geheimnis der Hefe bewahrt hat.

Jeder der schmalen Tische hat seine Holzteller, seine kleinen Gläser mit Zahnstochern, seine Brotstapel und seine weißen Porzellanschalen, aus denen man den einheimischen Roséwein trinkt. Die Tintenfischringe schmecken nach Meer und Matrosenlippen.

Hinter mir trinken ein paar Viehhändler mit in den Nakken geschobenem Hut – sie tragen ihre Hüte, damit sie in der Menschenmenge auch von weitem auszumachen sind – aus ihren weißen Schalen und blicken triumphierend drein. Und das tut auch ein vierjähriger Junge in schwarzem Samtanzug, der am nächsten Tisch sitzt. Das tut auch die Arbeiterfamilie, die aus Madrid auf Urlaub hier ist. Ein ruhiger, nicht überschwenglicher, nahezu unterdrückter Triumph – wie ein Witz, den man für sich zu behalten versucht. Dieses Bewahren eines Geheimnisses drückt sich am deutlichsten auf dem Gesicht eines alten Mannes mir gegenüber aus, der einer alten Frau eine Geschichte erzählt.

In der Hitze, die jeden Hund vom Bellen abbringen würde, sehe ich mich in der Kantine um, die Porzellanschale an den Lippen, Rosé und Tintenfisch im Mund, und ich frage mich: worum geht es bei dem Triumph? Und ich finde eine Antwort.

Jeder hat sich besonders gekleidet und ist den Hügel zur Kantine emporgestiegen. Ein weiteres Jahr ist vorüber, ein weiterer Sommer, sie sind alle hergekommen, sie sind noch hier auf dieser Erde, jeder mit einem Zahnstocher für das Fest.

28
Zimmer 19

Es hieß Hôtel du Printemps und lag im 14. Arrondissement. Der Eingangsbereich mit dem Empfangsschalter war nicht breiter als ein Korridor. Zimmer Nr. 19 befand sich im dritten Stock. Eine steile Treppe, kein Aufzug. Sven und ich stiegen langsam zu seinem Zimmer hinauf. Er war am Tag zuvor in Paris angekommen, und wir waren seit vierzig Jahren befreundet.

Zimmer 19 war klein, das Fenster ging auf einen tiefen, engen Hof. In der Toilette ist das Licht besser, sagte Sven. Neben dem Fenster befand sich ein Schrank, und die Toilettennische auf der anderen Seite des Betts, das beinahe das ganze Zimmer einnahm, war ebenso groß wie der Schrank.

Auf der flauschigen blaßrosa Tagesdecke lag eine große Mappe, zusammengehalten durch Bänder, von denen zwei gerissen waren. Die Wände waren mit einer gelblichen Tapete bekleidet, die zugleich trübselig und freundlich wirkte – wie ein Wams, in dem das Zimmer schlief und das es niemals auszog.

In unserem Alter und mit unserer Vergangenheit war es normal, daß Sven und ich Künstlerfreunde hatten, die erfolgreich geworden waren, die als Ehrengäste nach Venedig eingeladen wurden und im Hotel Danieli abstiegen und über die Monographien mit vielen Farbtafeln verfaßt wurden. Es waren gute Freunde, und wenn man sich traf, wurde viel gelacht.

Wir jedoch, jeder auf seine eigene Weise, waren chronisch unmodern, oder – um es unverhohlener auszudrücken – wir verkauften nicht sonderlich viel.

Waren wir zusammen, Sven und ich, dann sahen wir das als eine Ehre an, fast als Teil einer Verschwörung. Keine Verschwörung gegen uns, Gott bewahre. Die Verschwörung ging von uns aus: Es lag in unserem Wesen zu widerstehen, er im Malen, ich im Schreiben. Wir befanden uns nicht irgendwo zwischen Erfolg und Scheitern, wir waren anderswo.

Seit ein oder zwei Jahren leidet Sven an der Parkinsonschen Krankheit. Wenn seine Hand keinen Pinsel hält, zittert sie beträchtlich. Ich hatte mir im Sommer beim Einbringen des Heus einen Hexenschuß geholt und litt an Ischias.

Da waren wir nun, zwei ältere Männer in reichlich zerknitterter Kleidung und mit nicht allzu sauberen Händen, und wie Krebse bewegten wir uns auf dem schmalen Pfad in Zimmer 19 um das Bett herum.

Der Schirm der Wandlampe, in der sich nur eine 25-Watt-Birne befand, war melonenfarben. Vor dreißig Jahren pflegten wir zu dieser Jahreszeit – Ende August – durch die Melonenfelder der Vaucluse zu gehen, Sven mit seiner Malausrüstung und ich mit einer Kamera, einer Voigtländer. Es ist heiß, sagten die mit ihm befreundeten Bauern dann zu uns, sie löschen den Durst, nehmt euch eine, wann immer ihr wollt.

Er zog die Fenstergardine zur Seite, um ein wenig mehr Licht und Luft hereinzulassen, und ich band die Mappe auf und öffnete sie. Ein Stapel unaufgezogener Leinwände war darin, die Sven unlängst in Tempera gemalt hatte. Aufgeklappt bedeckte die Mappe fast das ganze Doppelbett. Ich nahm eine Leinwand und plazierte sie so, daß sie an der Rücklehne des Stuhls am Fußende des Betts lehnte. Sven blieb stehen. Ich ging wieder zurück, dorthin, wo die Kissen waren, und setzte mich vorsichtig hin.

Es ist die linke Seite, fragte Sven, der Ischias?

Ja.

Ist das das erste? fragte ich, wobei ich auf das Gemälde mit Meer und Felsen zeigte.

Nein, es ist eins der letzten; sie sind überhaupt nicht geordnet.

Sein Gesichtsausdruck verriet keine Besorgnis, aber Neugier. Neugier weniger, so glaube ich, was meine Meinung anging, als im Hinblick darauf, was eigentlich geschehen war, als er das Bild gemalt hatte.

Dann sahen wir hin. Es war sehr heiß im Zimmer, und wir schwitzten in unseren Hemden. Nach einer geraumen Weile – doch die Zeit war stehengeblieben – stand ich auf. Paß auf deinen Rücken auf! sagte Sven. Ich ging zu der an den Stuhl gelehnten Leinwand, um sie aus größerer Nähe zu betrachten; dann kehrte ich zu den Kissen zurück und schaute.

Was wir in Zimmer 19 taten, hatten wir einige hundertmal in seinem Atelier gemacht, oder am Strand oder vor dem Zelt, in dem wir mit unseren Familien schliefen, oder vor der Windschutzscheibe eines Citroën 2CV oder unter Kirschbäumen. Und was wir taten, war, zusammen anzuschauen, was er mitgebracht hatte: unverwandt, kritisch, still. Ich sage *still*, doch oft lag bei solchen Anlässen Musik in der Luft. Die Farben und das Hell und Dunkel auf der Leinwand und die Spuren der borstigen Gesten des Pinsels – Gesten, die das Bild unverkennbar als Gemälde von Sven auswiesen – brachten eine Art von Musik hervor. Wir vernahmen sie jetzt in dem Hotelzimmer.

Über Jahre hinweg waren auf den Dachböden und in den Kellergeschossen der Häuser, in denen Sven zeitweilig gelebt hatte, die Stapel mit Leinwänden, die von ihren Spannrahmen genommen wurden, immer größer geworden. Der Stapel auf dem Bett war kaum fünf Zentimeter hoch. Die, an die ich denke, erreichten zwei Meter. Einmal beendet, wurden die Gemälde abgelegt. Vielleicht leisteten sie in ihren Stapeln einander Gesellschaft.

Wie dem auch sei, es fehlte immer an Zeit, sie herauszuholen und der Welt anzubieten. Es gab ein paar Ausnahmen – zuweilen überließ er einem Freund ein Gemälde. Zuweilen kaufte ein einzelgängerischer Sammler eins. Ich erinnere mich an einen Mann, der Farben herstellte und in Marseille lebte. Alle anderen Leinwände waren vergessen. Und das war wohl auch richtig so, denn letztlich gehörten sie zu dem Feld oder dem Öltanker oder der verkehrsreichen Straße oder dem Hund, die ihr Anlaß gewesen war.

Nach vierzig Jahren akzeptierten wir beide dieses Geschick, das auch ein Glück war. Wenn die Leinwände beiseite gelegt wurden, waren sie sorgenfrei. Keine Rahmen, keine Händler, keine Museen, keine Literatur, keine Beunruhigungen. Nur die Musik aus weiter Ferne.

Obwohl wir das wußten, untersuchten wir eine in der letzten Zeit bemalte Leinwand dennoch jedesmal mit der kritischen Konzentration von Kunstrichtern, die ein Gemälde für eine ständige Sammlung auswählen. Wir waren nicht zu kaufen, und wir waren nicht zu beeinflussen.

Die zweite Leinwand lehnte an dem Stuhl. Ich stand auf, um näher heranzugehen.

Gib acht, dein Rücken! mahnte Sven.

Nasse Felsen, von oben gesehen.

Heute wird mir etwas klar, was ich bislang nicht erkannt habe. Sven ist der letzte Maler, der anschaut, was da draußen ist, so wie es Cézanne und Picasso taten. Er malt nicht wie sie. Das versucht er auch nicht. Doch er *steht* da, den Pinsel in der Hand wie sie, die Augen in derselben Weise geöffnet, gedankenlos beobachtend. Gedankenlos? Ja, folgend, ohne zu fragen warum. Und das macht diese Männer ein wenig den Heiligen ähnlich, und deshalb wirkt ihre Bescheidenheit so unaufgesetzt.

Das Licht, das von den Stellen ausging, wo die Sonne die nassen Felsen berührte, durchdrang mehrere Farbschichten, als wäre, was nicht möglich ist, das Licht zu Anfang gemalt worden.

Wir erforschten eine Leinwand nach der anderen. Wir tranken lauwarmes Mineralwasser, weil wir schwitzten. Vielleicht war Zimmer 19 im Hôtel du Printemps nie zuvor von einer solchen Intensität des Schauens erfüllt gewesen. Die unaufgezogenen Leinwände mit ihren ungleichmäßigen weißen Rändern, Wochen des Schauens auf der Insel Belle Île festhaltend, wo sie gemalt wurden, und wir beide, die wir noch den kleinsten Farbtupfer genau betrachteten, um sicherzustellen, daß uns kein Fehler entging.

Sven setzte sich keinen Moment hin. Einmal ging er in die Toilette, um sich etwas Wasser ins Gesicht zu spritzen.

Eine Leinwand, auf der die Masse eines grünen Hügels wie eine Pflugschar herabglitt, um die Landschaft unter einem blaß orangefarbenen Himmel genau im richtigen Winkel in eine Furche zu verwandeln.

Ich habe immer ein Ei in Reserve, sinnierte Sven, für den Fall, daß ich mehr Farbe anrühren muß.

29
Subcomandante insurgente

In einem Vorort im Süden von Paris eine städtische Badeanstalt. Während des Schuljahres wird sie von den örtlichen Schulen genutzt, und für das allgemeine Publikum ist die Halle nur zu bestimmten Stunden geöffnet. Das Publikum besteht aus seriösen Frauen und Männern (jeden Alters), die hin und her schwimmen, ohne zu lächeln, und schwarze Schwimmbrillen tragen, um die Augen zu schützen. Man kommt auf seinen Bahnen vielleicht fünfzigmal aneinander vorüber, doch nie verrät ein Wimpernzucken ein Wiedererkennen. Reine Fitneß.

Jetzt, im Juli und August, da die Schulen geschlossen sind und das Schwimmbad den ganzen Tag lang für das Publikum geöffnet ist, ändert sich etwas. Der Ort wird zu einem Wasserspielplatz für alle, die aus dem einen oder anderen Grund nicht die Stadt verlassen, um die Ferien am Meer zu verbringen. (Die Gründe, nicht wegzufahren, sind zumeist wirtschaftlicher Art.) Schwestern kommen Hand in Hand, es kommen alte Jungfern, Faulenzer, betagte Rentner und junge Väter, die ihren kleinen Kindern das Schwimmen beibringen. Mit seinen Glaswänden und Kachelböden hallt das ganze Gebäude vom Kreischen, Gelächter und dem Platschen waghalsiger Kopfsprünge wider.

Menschen am Strand gehen gewöhnlich entspannt mit ihrem Körper um, und deshalb sind es die Körper, die man bemerkt; hier sind es nicht die Körper, sondern die Seelen, die die Aufmerksamkeit gefangennehmen. Seelen in Badekleidung. Manche im Wasser, manche herauskletternd, andere im Begriff hineinzuspringen. Festsitzende Badekappen über dem Haar sind Vorschrift – selbst für glatzköpfige Männer. Sie haben noch etwas anderes gemeinsam – Tag für Tag bietet oder lernt hier jeder ein wenig Vertrauen.

Auf einer Bank draußen, mein Handtuch trocknet in der Sonne, schlage ich ein Buch auf, das ich gerade aus New York geschickt bekommen habe. Es ist eine Sammlung von Briefen und Kommuniqués, die zwischen Januar und Juni letzten Jahres vom Subcomandante Marcos für die Zapatistische Nationale Befreiungsarmee (EZLN) geschrieben wurden. Die Geschichte ist überall auf der Welt viele Male erzählt worden.

Kurz nach Mitternacht (wie gewöhnlich waren wir spät dran, sagt Marcos in einer Nebenbemerkung), am 1. Januar 1994 kurz nach Mitternacht griff eine Armee von einigen tausend eingeborenen Männern und Frauen (der Maya) zu den Waffen, besetzte die Stadt San Christobal in Chiapas, der ärmsten Provinz Mexikos, und verlangte von der Bundesregierung, ihre Forderungen anzuerkennen.

> Uns wird die elementarste Ausbildung verweigert, so daß man uns als Kanonenfutter benutzen und die Reichtümer unseres Landes plündern kann, ohne Rücksicht darauf, daß wir an Hunger und heilbaren Krankheiten sterben. Ebensowenig kümmert es jemanden, daß wir nichts haben, absolut nichts, kein ordentliches Dach über dem Kopf, kein Land, keine Arbeit, keine Gesundheit, keine Nahrung, keine Ausbildung. Wir haben weder das Recht, frei und demokratisch unsere eigenen Interessenvertreter zu wählen, noch sind wir unabhängig von Fremden, noch haben wir Frieden und Gerechtigkeit für uns und unsere Kinder. Doch heute sagen wir *Genug*!

Nach zwölf Tagen Kampf – während die mexikanische Luftwaffe Dörfer bombardierte, die man für pro-zapatistisch hielt – wurde ein unsicherer Waffenstillstand geschlossen, der militärisch gesehen in eine Art Sackgasse führte. Auf der einen Seite die EZLN, die genötigt war, sich in die Berge zurückzuziehen, doch einen beträchtlichen Teil der eingeborenen bäuerlichen Bevölkerung loyal hinter sich wußte und zunehmende Unterstützung seitens der zivilen Gesellschaft überall in Mexiko fand; auf der anderen Seite die Bundesarmee, massiv überlegen an Waffen und Truppenstärke, und die Privatarmee der Rancher, völlig versessen darauf, alles zu zerstören, wofür die Zapatisten standen, jedoch nervös und irritiert angesichts der Berge, die den Geächteten Schutz boten.

Aus diesen Bergen schreibt der Subcomandante im März an einen Schuljungen, der ihm ein Photo seines Hundes geschickt hat:

> Ich habe das Bedürfnis, Dir zu schreiben und Dir etwas darüber zu sagen, daß wir »berufsmäßige Gewalttäter« seien, wie man uns so oft genannt hat. Ja, wir üben einen Beruf aus. Doch unser Beruf ist die Hoffnung … aus unseren ausgemergelten und zerschlagenen Körpern muß sich eine neue Welt erheben … Werden wir sie sehen? Ist das wichtig? Ich glaube, es ist weniger wichtig, als mit unbestreitbarer Sicherheit zu wissen, daß sie geboren werden wird und daß wir alles von uns – unser Leben, Leib und Seele – für diese lange und schmerzliche, jedoch historische Geburt gegeben haben. *Amor y dolor* – Liebe und Schmerz: zwei Worte, die sich nicht nur reimen, sondern sich zueinander gesellen und vereint marschieren.

Ein Kind kommt, die Füße in der Luft, aus dem städtischen Schwimmbecken und geht lachend auf den Händen die Stufen hinunter. Clowns machen weiter. Aus dem öffentlichen

Leben in Frankreich ist der Humor jedoch so gut wie verschwunden, denn dafür ist nicht genug Energie da. Müde Männer der Öffentlichkeit! Überraschenderweise hat der Subcomandante in den Bergen diese Energie noch, und in dem Buch auf meinem Schoß gibt es auf jeder zweiten Seite einen Scherz.

Der Stil ist bekanntlich legendär geworden, doch sollten wir uns durch das Wort Stil nicht beirren lassen. Wahrer Stil ist untrennbar von dem, was gesagt wird, er ist nicht etwas Gesuchtes. Und in meiner eigenen Erfahrung als Schriftsteller ist er auch untrennbar von den Stimmen, denen ich lausche, wenn ich zu schreiben versuche. Der Stil, um den es hier geht, verbindet Bescheidenheit mit unerschrockener Unmäßigkeit.

> Vergeßt nicht, was unser Weg war. Wir haben aufrichtig nach anderen Türen gesucht, die sich vielleicht unserem zaghaften Licht öffnen würden. Ihr müßt nun aus dieser traurigen Geschichte lernen. Vergeßt nie die Worte, die uns wichtig gemacht haben, wenn es auch nur für einen Moment war: *alles für alle, nichts für uns allein.*

Die Unmäßigkeit ist nicht die des politischen Extremismus. Die Zapatisten haben kein politisches Programm zu verordnen; sie haben ein politisches Gewissen, das sich, so hoffen sie, durch ihr Beispiel verbreiten wird. Die Unmäßigkeit leitet sich aus ihrer Überzeugung her (die ich persönlich voll und ganz akzeptiere), daß sie auch die Toten vertreten, all die mißhandelten Toten – die Toten, die in Mexiko weniger vergessen werden als irgendwo sonst auf der Welt. Sie sind keine Mystiker, sie glauben an Worte, die durch das Leiden und die Jahrhunderte hinweg überliefert sind, und sie hassen Lügen:

Hier sind wir, die auf ewig Toten, noch einmal sterbend, doch diesmal, um zu leben.

Zwanzig Monate nach der Erhebung ist der Ausgang des Geschehens in Chiapas ungewiß. Die Zapatisten, immer noch unter Waffen, haben vor kurzem die Einberufung eines nationalen und internationalen Volkskonvents vorgeschlagen, der ihre Forderungen erwägen soll.

Die mexikanische Wirtschaft, noch vor einem Jahr vom IMF als Modell für eine weltweite moderne Entwicklung gepriesen, ist im letzten Winter zusammengebrochen und wurde nur aus Angst vor einer weltweiten Krise vom internationalen Kapital gerettet. Als Gegenleistung für das größte Darlehen (50 Milliarden Dollar), das je einem Land gewährt wurde, hat die mexikanische Regierung ihr Öl für alle Zukunft verpfändet und sich einverstanden erklärt, die neoliberale ökonomische Schocktherapie, die in den vergangenen dreizehn Jahren angewandt wurde, zu verschärfen – die Hälfte der arbeitsfähigen Bevölkerung ist unterbeschäftigt.

Die Mexikaner wurden auch – insbesondere von der Chase Manhattan Bank – aufgefordert, die Zapatisten zu eliminieren, die für das Vertrauen ausländischer Investoren schädlich seien. »Der Moment ist gekommen«, so verkündete die Zeitschrift *Fortune* vor sechs Monaten in New York, »Mexiko zu kaufen!«

Seither werden dank einiger Zeitungen, vor allem in Mexiko und Spanien, und dank des Internets, das polizeilich zu kontrollieren bislang keiner Regierung gelungen ist, die Erklärungen der Zapatisten überall auf der Welt immer eifriger gelesen und ihr Standpunkt gewürdigt und unterstützt. Ihre Botschaft erreicht Santiago, Berlin, Barcelona, selbst die Vororte von Paris.

Ein seltsamer, beispielloser ideologischer Kampf zwischen ein paar tausend gesichtslosen, doch sich selbst treu bleibenden Männern und Frauen, versteckt im Schutz der Berge, und der triumphierenden Weltordnung. Wie ist ein solch ungleiches Duell möglich, und sei es »nur für einen Moment«?

In unseren Tagen begehren überall immer mehr Menschen auf gegen die Tatsache, daß über die Zukunft unseres Planeten und über das, was er seinen Bewohnern bieten oder vorenthalten wird, von Gremien entschieden wird, die mehr Geld kontrollieren als alle Regierungen der Welt, Gremien, die sich niemals einer Wahl stellen müssen und deren einziges Kriterium für jede Entscheidung, die sie treffen, darin besteht, ob sich dadurch der Profit oder die Aussicht auf Profit erhöht oder nicht.

Niemand außer diesen Männern und ihren ideologischen Schülern glaubt angesichts der Offenbarung der letzten fünf Jahre wirklich noch an die Verheißungen des triumphierenden freien Marktes. Tief in ihrem Innern wissen die Menschen, wenn sie um vier Uhr morgens aufwachen, daß das System eines Tages zusammenbrechen wird. Im Morgengrauen beugen sie abermals den Kopf und versuchen gehorsam, nicht unterzugehen. Doch die Zweifel sind da. Und um vier Uhr morgens spricht der Subcomandante zu uns.

Ich stehe von der Bank auf und gehe im Schatten der Platanen die Straße entlang. Ich gehe an niemandem vorüber. Die ersten Blätter fallen. An der Ecke betrete ich einen kleinen Laden, um Lebensmittel zu kaufen. Ein Mann mit Bart und in Shorts, ein wenig jünger als ich, murmelt etwas mit dem Ladenbesitzer, der ein Libanese ist. Ich bekomme mit, daß der Ladenbesitzer ihm eine große Papiertüte mit schwarzen Bananen gegeben hat, weil sie viel zu reif sind, als daß er sie noch verkaufen könnte. Jetzt zählt der Mann langsam Münzen auf den Ladentisch, um für eine Dose zu bezahlen. Eine große Dose mit Fleisch für Hunde. Seine Hände sagen mir unzweideutig, daß er obdachlos ist.

Der Subcomandante erklärt, weshalb er von Postskripten nicht lassen kann:

> Es kommt vor, daß man das Gefühl hat, daß etwas zwischen den Fingern geblieben ist, daß da immer noch ein paar Worte sind, die ihren Weg in Sätze finden wollen, daß man noch nicht fertig damit ist, die Taschen der Seele zu leeren. Doch es ist nutzlos, es wird niemals ein Postskript geben, das so viele Alpträume enthalten kann … und so viele Träume.

Inhalt

John Berger

Auf dem Weg zur Hochzeit

Roman

Aus dem Englischen von Jörg Trobitius

Band 14293

In Gorino, an der italienischen Küste, dort, wo der Po ins offene Meer mündet, soll Ninons Hochzeit stattfinden. Der Vater der Braut kommt aus Frankreich mit seinem schweren Motorrad über die Alpen. Ninons Mutter, eine Tschechin, reist von Bratislava mit dem Bus an. Und Gino, der Bräutigam, ist Italiener. An Ninons Schicksal haben Menschen unterschiedlicher Nationen Anteil. Ninon ist krank, und sie weiß, daß sie nicht mehr lange zu leben hat. Als sie mit Gino in einem Boot auf dem Po fährt, spürt sie mit geschlossenen Augen die Strömung. Gino aber vermag in der Strömung zu navigieren, und so will er Ninon zeigen, daß sie auch mit der Krankheit leben kann. An ihrem Hochzeitstag läßt sie sich vom Taumel der Lebensfreude mitreißen. Ninons Tanz wird zu einem Hymnus auf das Leben, gerade, wenn es am meisten bedroht ist.

Fischer Taschenbuch Verlag

fi 1406 / 2

John Berger

SauErde

Geschichten vom Lande

Aus dem Englischen von Jörg Trobitius

Band 14295

Seit Jahren lebt John Berger mit seiner Familie unter den französischen Bauern eines kleinen Dorfes in den Bergen Savoyens. Karg, streng und einfach mutet diese archaische Welt am Rande unserer heutigen Zivilisation an, und sie ist unwiderruflich zum Sterben verurteilt. Dennoch überlebt sie Tag für Tag, getragen von Langmut und Tradition, aber auch von der Gewohnheit, die Existenz durch die Arbeit der eigenen Hände zu sichern und zu erhalten. Bergers Liebe zu den Bauern hat ihre Wurzeln in der Erkenntnis dieses Widerspruchs. Und er hat eine besondere Fähigkeit, diese Einsicht erzählend zu vermitteln. Seine knappe, die bäuerliche Denk- und Empfindungsweise widerspiegelnde Sprache läßt den Lesenden unmittelbar teilhaben an den kleinen Geschichten des täglichen Lebens. Mit seinen so einfachen wie bewegenden Erzählungen hält John Berger die Erinnerung an eine Lebensform wach, für die es in der modernen Welt keinen Raum mehr gibt.

Fischer Taschenbuch Verlag

fi 1412 / 1

John Berger und Jean Mohr
Unter Mitarbeit von Nicolas Philibert

Eine andere Art zu erzählen

Aus dem Englischen von Kyra Stromberg

Band 14595

Dies ist ein Buch über Photographie – über ihre Rätselhaftigkeit, ihre Vieldeutigkeit, ihre andere Art des Erzählens. Bergers Essay legt den Grundstein für eine neue Theorie des Mediums und führt über die von Susan Sontag, Roland Barthes und Walter Benjamin formulierten Einsichten hinaus. »Kameras sind Schachteln für den Transport von Erscheinungen«. Dieser Satz markiert die prinzipielle Andersartigkeit eines Photos gegenüber einem Gemälde. Letzteres hat eine Sprache, mittels der es aus den Erscheinungen übersetzt, während die Photographie ihrem Wesen nach immer nur Augenblicke zitiert, die sie aus einem Kontinuum von Erscheinungen herauslöst und festhält. Der Theorie im Essay fügt Jean Mohr als Photograph erzählend seine Erfahrungen im Umgang mit den Portraitierten, dem Bild und seinen Betrachtern hinzu. In 150 Photographien wird ohne ein einziges Wort die Geschichte einer Bäuerin erzählt, nicht als Reportage, sondern als der faszinierende Versuch einer anderen Art des Erzählens.

Fischer Taschenbuch Verlag

fi 1414 / 1

John Berger

Das Sichtbare und das Verborgene

Essays

Aus dem Englischen von Kyra Stromberg

Band 14292

John Berger ist Maler und Kunstkritiker, Erzähler und Drehbuchautor, Essayist und Lyriker. Dieser Vielseitigkeit entspricht in seinem bislang umfangreichsten Essayband die Vielfalt seiner Betrachtungen. Berger beschreibt das, was man *sehen* kann: Bilder, Menschen, Städte, Landschaften und immer wieder Gemälde. Erst in dem richtig Wahrgenommenen tut sich das auf den ersten Blick nicht Zugängliche, das Verborgene auf. In einer Zeit der inflationären visuellen Eindrücke kann die Lektüre seiner Essays zu einer Schule des Sehens werden.
Nach thematischen Schwerpunkten komponiert, gibt diese Sammlung einen profunden Einblick in Bergers Denken von den späten sechziger Jahren bis heute. Einer Grunderfahrung der Moderne – im Leben wie in der Kunst –, dem Verlust einer verbindlich konstituierten und normierten Sinnerfahrung, setzt John Berger sein Vertrauen entgegen: in die genuinen Möglichkeiten der ästhetischen Erfahrung, einer Ethik der Verantwortung und des humanen Blicks.

Fischer Taschenbuch Verlag

fi 518 / 6

John Berger

Begegnungen und Abschiede

Über Bilder und Menschen

Aus dem Englischen von Jörg Trobitius

Band 14294

Auch in diesem Essayband setzt John Berger die genaue und geduldige Erkundung von Bildern und Menschen fort. Mit seinen eindringlichen Betrachtungen schreibt er gegen die zunehmende Beschleunigung und Oberflächlichkeit der Wahrnehmung an und thematisiert eine Grunderfahrung der Moderne: die Angst vor dem Verschwinden.

Die Mehrzahl der Aufsätze ist der Bildenden Kunst gewidmet: dem Werk von Velázquez und Zubarán, Renoir, Picasso, Henry Moore und Jackson Pollock. In ihren Arbeiten sucht Berger das Persönliche, die Obsession des Künstlers, die sich einer rein akademischen Betrachtung entzieht. Mit allen Sinnen läßt er sich auf ein Gemälde, ein Gesicht oder eine Landschaft ein, gibt seinen persönlichen Assoziationen Raum, führt scheinbar Entferntes zusammen. Seine Sichtweise verbindet das Ästhetische mit dem Moralischen, das Private und das Politische.

In diesen meisterhaften Essays gelingt Berger, was er selbst als die Kunst des Schriftstellers bezeichnet hat: die Vieldeutigkeit von Erfahrung offen zu halten.

Fischer Taschenbuch Verlag

fi 1415 / 1